Symphonie der Träume

von

S. Amaya

Symphonie

der

Träume

von

S. Amaya

Vorwort und Danksagung

Es war ein Traum, mein Traum, den ich zu einer Geschichte entwickelt habe. Denn ich glaube fest daran, dass Träume wahr werden! Familie und Freunde ermutigten mich die Geschichte mit der ganzen Welt zu teilen. Natürlich kann ich es nicht mit einem Bestseller vergleichen, trotzdem macht es mich unglaublich stolz ein Buch geschrieben zu haben. Ich danke allen die sich die Mühe gemacht haben und die Geduld hatten mit mir gemeinsam zu arbeiten. Es ist nur eine kleine Geschichte die ich euch erzählen möchte. Taucht mit mir in meinen Traum ein...

Impressum

Alle Rechte am Werk liegen beim Autor
Amaya., S
Symphonie der Träume
S.Amaya Remagen, März 2015
Erstauflage
Herstellung und Verlag:
BoD-BoD - Books on Demand, Nordestedt
ISBN: 978-3-7347-5731-0

Wenn wir träumen betreten wir eine Welt, die ganz und gar uns gehört.
-Dumbledore in *Harry Potter*

1

„Amaya es ist für dich!" ruft mein Vater. Verschlafen und ohne Bedenken gleite ich, mit meiner rosa Pyjama, die Treppen hinunter. Wer wohl da ist am frühen Morgen? Und vor allem woher kommt Papa, er ist doch...
Unten angekommen, beachte ich meinen Vater nicht mehr denn meine Aufmerksamkeit steht am Eingang des Hauses. Ein großer kräftiger Mann, der locker zwei Köpfe größer ist als ich. Auch wenn er nicht seinen Körper präsentiert, sieht man sofort, dass er eine gut durch trainierte Figur hat. Eine tief gebräunte Haut, fast so dunkel wie seine glänzenden großen warmen braunen Augen, die von einem langem geschwungenem und dichten Wimpernkranz umrandet sind, zeigt sich an seinen Armen. In seinen Armen würde ich jetzt am liebsten sein, denn die sehen so einladend aus, wenn man Geborgenheit sucht. Meine Augen ruhen in seinen Augen, welche mir schon vom ersten Anblick Schutz schenken. Ich habe vorher noch nie solche schönen Augen gesehen, obwohl die meisten Menschen braune Augen haben, sind seine was ganz besonderes. Als sei es nicht perfekt genug, lächelt er mich schief an, mit einem Schlag verliebe ich mich in ihn. Meine Knie werden weich. Volle Lippen die wie gemalt

aussehen, verführen meine Sinne. Er kann doch nicht von dieser Welt sein. So was hat niemand je zu vor gesehen, dafür könnte ich meine Hand ins Feuer legen. Passend zu seinem Gesicht hat er einen kurzen Haarschnitt, was trotzdem zeigt, dass er volles schwarzes Haar hat. Außerdem trägt er ein weißes Shirt, kombiniert mit einer dunklen lässigen Jeans und schwarze Sneakers. Egal wie sehr ich ihn anhimmle, bin ich verwirrt. Wer ist er? Und woher kommt mein Vater? Doch mein Vater ist verschwunden, merkwürdig. Fragend schaue ich den Unbekannten an und erwarte, dass er sich vorstellt. Alles was er tut ist einen kleinen Blumenstrauß mir ausstrecken, ohne ein Wort zusagen. Immer noch verwirrt nehme ich den Blumenstrauß, der so bunt ist, an und schnuppere dran. Ich kann mir gut vorstellen, dass er innerlich über meinen verzweifelten und verwirrten Gesichtsausdruck schmunzelt. Er kommt mir näher und packt mich sanft an der Hüfte. Wow! So eine sanfte Berührung habe ich bis jetzt nie zu spüren bekommen, als hätte mich eine Feder gestreift. Und als sei das nicht genug drückt er mir einen sanften, doch liebevollen, Kuss auf meine Wange. Vor lauter Aufregung überkommt mich ein ungewöhnliches Kribbeln, ein schönes Kribbeln. Egal wie verwirrt ich noch immer bin, würde ich ihn am liebsten umarmen, nein, noch viel besser, ich würde mich am liebsten

um seinen Hals schmeißen. Aber ich muss cool bleiben, also schenke ich ihm ein kurzes Lächeln und dringe unbewusst tief in seine Augen. Wenigstens danke sollte ich ihm sagen, denke ich mir, doch meine Stimme möchte nicht. Meine Kehle ist wie zu geschnürt. Keinen einzigen Ton bringe ich aus mir raus, so sehr ich es auch will. Anstatt mich zusammen zu raufen und mich zu bedanken, häufen sich in meinem Kopf jede Menge fragen. Wer zur Hölle ist das? Wieso behandelt er mich so? Ich sehe ihn doch zum ersten Mal. Er erwidert meinen Blick und ich werde schwach. Wobei schwach sein überhaupt nicht zu mir passt. Seine Ausstrahlung fasziniert mich so sehr, dass ich ihn einfach nur wortlos beobachte und alles um mich herum vergesse, selbst woher mein Papa auftaucht. Wir schauen uns eine ganze Zeit lang an.
Nach einer Weile merke ich, dass alles um uns herum dunkel ist. Man sieht nur noch schwarz. Nicht mal ein Schatten ist zu sehen. In dem Moment will ich meinen ersten Laut von mir geben, doch es geht immer noch nicht. Wer hätte gedacht das mir jemand mal die Stimme verschlägt. Hilflos schaue ich um mich herum ins dunkle. Das passt gar nicht zu mir, was ist nur los? Ich bin stark! Und als sich unsere Blicke wieder treffen beruhige ich mich.
Es ist echt erstaunlich was ein Mensch alles in

einem auslösen kann, niemals habe ich an so etwas geglaubt. Doch trotzdem beunruhigt mich es auch ein kleines bisschen. Kann ich etwa nur noch stark durch ihn sein? Ist alles nur noch von ihm abhängig? Konzentriert studiere ich sein Gesicht, wie er mich anschaut. Ich habe das Gefühl ich schau mich selber an. Es ist ein so zuckersüßes, verliebtes, Anlächeln. Ich merke wie ich vor mich hin grinse und so lächelt er stärker, dass seine perfekt weißen Zähne raus blitzen. Und wieder übergibt mich schlagartig eine Gänsehaut. So langsam könnte ich mich an das Gefühl gewöhnen, dass ist das beste was mir bisher passiert ist. Wie macht er es nur? Wie hat er mich so fest im Griff?

Das urplötzlich alles um uns herum schwarz ist geht mir allerdings nicht aus dem Kopf. Ich wirbele um mich herum. Mit meiner freien Hand streiche ich über mein Gesicht und lege meinen Kopf in den Nacken.

Ich bin so verzweifelt.

Mit einem Schlag ändert sich plötzlich alles. Von schön und gut ist nichts mehr zu sehen. Von verliebt und fröhlich kann man gar nicht mehr reden. Wir befinden uns im Gegenteil von dem wie er mich noch vor paar Sekunden angeschaut hat. Ein kalter Schauer läuft über meinem Rücken. Ich kann mich nicht daran erinnern wer mich das letzte mal so angestarrt hat, dass ich

vor lauter Panik am liebsten schreien und heulen würde. Was habe ich falsch gemacht? Ohne zu wissen, was los ist fange ich an mir Vorwürfe zu machen. Vielleicht habe ich etwas vergessen, aber ich kenne ihn doch gar nicht. Er kneift die Augenbrauen noch weiter, zornig, zusammen. Was hat er jetzt vor? Förmlich kann man Flammen in seinen Augen sehen und von warm und schön ist auch nichts mehr da. Eine warme Träne fließt meine Wange entlang und muss sagen ich habe mich selbst völlig unterschätzt. Niemals hätte ich gedacht, dass mir einer durch einen Blick so viel Angst einjagen kann, dass ich mich so klein und hilflos fühle. Seine Hände ballen zu einer festen Faust zusammen und jede Ader sticht hervor. Wird er mich jetzt schlagen? Mich hat noch nie jemand geschlagen. Ich schicke innerlich ein Gebet ab und hoffe, dass mich das beschützt. Wie durch ein Wunder dreht er sich von mir weg und geht. „Danke", sage ich mir innerlich mit geschlossenen Augen, damit die restlichen Tränen noch abfließen.
Eben noch hat er mich doch angelächelt. Ich verstehe gar nichts mehr. Noch mal lasse ich alles in meinem Kopf durch gehen was passiert ist und was daraus geworden ist. Ich spüre starke Kopfschmerzen und verzweifle, immer weiter.
Nun stehe ich alleine im Schwarzen. Mir laufen immer noch warme Tränen meinen Wangen

entlang, doch ich kann mir nicht erklären wieso. Wieso weine ich nur? Ich kenne ihn doch gar nicht, dass ich jetzt weine. Ich habe vorher noch nie wegen jemanden geweint, ich bin ein starkes Mädchen. Ich brauche niemanden und kenne keine Hilflosigkeit. Im Augenblick sieht man leider davon nichts. Um wieder aufrecht zu sein, beruhige ich mich, motiviere mich und rede mir wieder ein, dass ich stark sei und niemanden auf der Welt brauche. Es fällt mir schwer, doch es klappt.

Nach gefühlten Stunden höre ich eine bekannte Stimme, die von allen Seiten ertönt. Mehrmals drehe ich mich im Kreis und entdecke einen weißen Punkt, der aus dem Nichts auftaucht. Es muss ein Licht sein, welches weit weg zu sein scheint, denn ich sehe es schwer. Ich wische mir die Tränen weg, um mir sicher genug zu sein, was ich da sehe. Fest entschlossen gehe ich mutig in die Richtung woher das Licht kommt. Je näher ich da ankomme, desto greller und größer wird das Licht. Auch die Stimme wird immer lauter und ich merke wie ich anfange schneller zu gehen. Erstmal ist das ein Walken, irgendwann ein Joggen und dann sprinte ich so schnell ich kann, weil ich das Gefühl habe, dass jemand alleine ist und Hilfe braucht. Vielleicht ist es der Mann von vorhin. Mit jedem Schritt wird der Hilfeschrei lauter und somit unerträglicher, doch ich gebe

nicht auf und laufe weiter in Richtung Licht, welches mich so sehr blendet, dass ich mit halb geöffneten Augen, man kann schon sagen blind, renne. Der gequälte Schrei trifft mich tief in Herzen. Es bedrückt mich so sehr, dass das Atmen mir schwer fällt. Das Laufen fällt mir auch schwer, aber ich darf nicht aufgeben, ich muss dahin. Ich muss wissen wer so schreit, wo ich überhaupt bin. Dieses erdrückende Gefühl wird immer stärker, doch ich reiße mich zusammen. Ich lasse zu, dass meine Tränen fließen, kann es aber in keine Kategorie einordnen. Wut, Trauer, Schmerz, Einsamkeit. Ich weiß es nicht. Ich weiß nur das es gut tut, es ist wie ein Ausgleich.
Kurz bevor ich ankomme übergibt mich eine Kraft die mich bewegt und endlich kriege ich meinen ersten Ton von mir raus. Nach allem was die letzten Stunden passiert ist, habe ich nun meine Kraft zusammen sammeln können. Meine Kehle ist befreit. Der Kloß im Hals ist weg. Trotzdem bin ich, durch das erdrückende Gefühl weiterhin verzweifelt und hilflos, so schreie ich einfach nur mit der Stimme mit, damit die Person weiß sie ist nicht alleine. Ich bin da, denn ich weiß ganz genau wie es ist vor Einsamkeit zu weinen und zu schreien, mit der Hoffnung jemand hört mich und bleibt für immer bei mir.

„Amaya, wach endlich auf!", schreit mir

meine Freundin Nala ins Ohr. Mit einem Ruck reiße ich erschrocken die Augen auf. Verpeilt schaue ich sie an, denn ich befinde mich noch an dem Ort zuvor.
Ich ignoriere sie erst mal und schlendere verwirrt Richtung Badezimmer. Ich lasse die Badewanne voll laufen. Meine voll geschwitzten Klamotten ziehe ich aus und lege sie in die Wäsche. Anschließend mache ich es mir in der Wanne gemütlich. Verträumt verwöhne ich mich selbst, indem ich japanisches Öl ins Wasser tröpfle und entspannt mich nach hinten lehne. Hoffentlich komme ich so in den echten Alltag zurück. Im Halbschlaf blitzen wieder Bilder vor mir auf, die ich im Traum gesehen habe. Seine warmen Augen und sein Lächeln, einfach alles.
Und schon überkommt mich wieder diese starke Gänsehaut an die ich mich sofort gewöhnt habe. Ich verstehe nicht wie sich ein Traum so realistisch anfühlen kann, dennoch genieße ich dieses wundervolle Gefühl und grinse vor mich herum.
Noch lange denke ich darüber nach, bis Nala ins Bad rein stürmt.

„Ich muss jetzt gehen, José wartet auf mich.

„Okay", sage ich kurz und knapp.

Sie kommt zu mir und gibt mir einen Kuss auf die Wange. Mit einem gezwungenem Lächeln nicke

ich ihr zu. Sie braucht nicht wissen, dass ich durch einen Traum deprimiert bin.
Genervt, wegen dem viel zu realistischen Traum, steige ich aus der Badewanne aus und greife nach meinem Bademantel. Während ich meine Haare föhne begebe ich mich wieder in meine eigene Welt. Meine weißblonden Haare föhne ich glatt, anschließend ziehe ich einen gewagten Lidstrich und betone so meine tiefgrünen Augen.
Meine Augen erinnern mich immer daran wie meine Mutter mir sagte, dass ich etwas besonderes sei. Denn niemand aus der Familie hat solch eine Augenfarbe. Meine Mutters Augen waren tief brauen, fast schon schwarz. Ein krasser Kontrast zu den Augen von meinem Vater, denn seine waren ein eiskaltes Blau. Ich bin wohl eine Mischung aus beiden. Hier und da erkennt man einen braunen und blauen Stich, im Großen und Ganzen sind sie aber grün. Immer wenn ich in den Spiegel schaue, denke ich an Mutters Worte und es bildet sich ein trauriges Lächeln auf mein Gesicht.
Meine vollen Lippen schmücke ich mit einem kräftigen rot, da sie so mehr zur Geltung kommen. Ich will nicht, dass man mein ständig trübes Gesicht sieht und überdecke es somit mit etwas viel Schminke.
Erschrocken zucke ich zusammen, als Nala, wie eine verrückte, panisch ins Badezimmer, rein

stürmt und mir ein Geburtstagslied singt.
„Ich wollte dir noch Glückwunsch wünschen Wir sehen und in ein paar Tagen wieder.", trällert sie.
Und so geht sie auch wieder.
Heute ist mein Geburtstag, ich werde 24 Jahre alt. Doch für mich ist mein Geburtstag nichts besonderes. Außer meine Freundin Nala, ihre Mutter Elisa und mittlerweile auch Nalas Freund José habe ich niemanden in meinem Leben.
Die große schlanke und sportliche Australierin, Nala, ist Fitnesstrainerin und eine natürliche Schönheit, mit ihren blonden Haaren, die zu ihrer leicht gebräunten Haut und hellbraunen Augen passen. Immer wenn ich ihre Figur betrachte wie straff alles bei ihr sitzt bin ich deprimiert und bemühe mich auch schön schlank zu werden. Doch meine weiblichen stark ausgeprägten Rundungen wollen bleiben. Außerdem ist sie schon seit vier Jahren mit José zusammen, mit dem ich mich sofort verstanden habe. Bei Not ist er für mich da, genau so wie ich für ihn da bin, auch wenn es sich hauptsächlich nur um Nala handelt.
Da ich heute arbeite und weiß, dass mich eine Menge harte Arbeit erwartet, ziehe ich mich gemütlich an. Auch wenn es draußen sehr warm ist, präsentiere ich ungern meine viel zu helle Haut, für die ich mich noch schäme. Seit neustem

gehe ich auf die Sonnenbank, vielleicht ändert sich es bald. Aus Nalas und meinem Anziehzimmer krame ich eine blaue Jeans heraus und ziehe ein lässiges Shirt an. Hauptsache meine tätowierten Arme und mein Dekolleté sind zu sehen. Ich präsentiere immer sehr stolz meine selbst designten Tattoos.
Es ist für mich Kunst und ich liebe Kunst. Nala sagt manchmal, dass ich sogar für Kunst töten würde, so fanatisch bin ich.
Mit Herz und Seele habe ich Modedesign studiert und das als Beste abgeschlossen. Am liebsten würde ich mich selbstständig machen, doch traue ich mich nicht. Es gibt so viele andere talentierte Designer die viel besser sind als ich und trotzdem einen harten Weg haben. Deshalb bleibe ich lieber bei einer Schneiderin, bei der ich während des Studiums ein Semesterpraktikum absolviert habe. Meine Aufgaben sind es Kostüme zu flicken und für besondere Kunden besondere Outfits zu zeichnen. Mehr auch nicht. Niemand weiß von meinen Zeichnungen, die ich an meinem Arbeitstisch in der Schublade eingeschlossen habe. Es ist auch besser so. Man würde mich wahrscheinlich nur auslachen.
Es läuft alles gut, finanziell haben weder Nala noch ich irgendwelche Probleme. Wir sind sehr glücklich darüber und überlegen auch schon, ob wir nicht nach unserem Urlaub in ein paar

Monaten, ein Haus kaufen sollen.
Doch ich habe meine Bedenken.
Nala und José sind schon lange zusammen und langsam vermute ich, dass Nala nur weil ich mit niemanden zusammen bin, darauf wartet bis ich jemanden finde, damit sie dann mit José zusammen ziehen kann. Ich habe ihr es schon oft vorgeschlagen, dass sie bei José einziehen soll, um zu wissen wie sie darauf reagiert, doch sie winkt ständig ab und behauptet sie sei noch nicht bereit mit José zusammen zu wohnen.
Fertig mit allem, packe ich meine Arbeitstasche und fahre mit meinem Auto zur Arbeit.
Angekommen setzte ich mein künstlichen Lächeln auf und begrüße alle Arbeitskollegen an denen ich vorbei gehe bis ich meinen Arbeitsplatz erreiche.
Ab und zu kommt jemand und gratuliert mir zum Geburtstag, was ich sehr herzlich annehme.
Die nächsten Tage verlaufen nicht anders, eigentlich verläuft mein ganzes Leben so, bis endlich wieder Wochenende ist.
Endlich ist es Freitag und endlich kommt Nala wieder. Ich freue mich, bei dem Gedanken, wenn wir uns wieder umarmend auf dem Boden purzeln lassen.
Nach der Arbeit gehe ich nach Hause, räume auf und putze anschließend die Wohnung. Ich bereite etwas leckeres für Nala und José zum essen vor, da sie wahrscheinlich von ihrer kurzen Reise

erschöpft sind.
José, der hübsche Mexikaner, ist mit seinen 28 Jahren ein erfolgreicher Architekt und hat zum ersten Mal einen Auftrag im Ausland an Land gezogen und das auch noch in Dubai. Viele Wochen vorher hat er es mir schon erzählt und mir anvertraut, dass er Nala überraschen wird und mitnehmen möchte.
Nala und er haben sich damals auf einer Sportmesse kennengelernt. Zu der Zeit hat Nala einen Freund gehabt und auch nicht vor sich zu trennen, eigentlich. Mit José hat sie sich immer nur zum Sport getroffen, um ihm Tipps zu geben und er hat ihr ebenfalls Tipps gegeben. Als Nala erfahren hat, dass ihr damaliger Freund mit einigen ihrer Freundinnen geschlafen hat, war sie, trotz Schmerzen, wieder Single. Doch das mit José und ihr ist auch erst viele Jahre später zustande gekommen. Sie hat niemandem mehr vertrauen können, was natürlich verständlich ist. Und José wusste nicht was er tun soll, wie er sie beeindrucken soll, seine Liebe gestehen soll und alles was dazu gehört. Irgendwann hat er seinen Mut doch zusammen gefasst und sie des öfteren ausgeführt. Sie verliebte sich in ihn, die Art wie er mit ihr umgeht tut ihr gut und so wurden die beiden ein Paar. Ich sehe ihn wie ein Familienmitglied und helfe ihm sehr gerne, erst Recht wenn es um Nalas Glück geht. Immerhin

hat Nala jemanden der sie bedingungslos liebt. Immer wenn die beiden zusammen sind reden sie mit einem ansteckendem Lachen. Nalas Augen strahlen wortwörtlich, wenn José vor ihr steht. Vielleicht bin ich auch ein wenig eifersüchtig, weil ich nicht so ein Glück habe.
Während ich das Dessert in den Kühlschrank stelle klingelt es an der Tür. Nala und José. José hat sich schon daran gewöhnt, dass ich ihn als erstes kurz begrüße und dann Nala so fest umarme, dass mir niemand auf dieser Welt sie mir weg nehmen kann.
Nachdem wir gemütlich auch unser Dessert verschlungen haben, erzählen mir die zwei mit großen Augen wie ihre Reise verlaufen ist und was sie alles entdeckt haben.
Ich liebe diese Art von Abende, es beruhigt mich und lässt meine Sorgen für einen Moment vertreiben.
Ich bin dankbar Nala in meinem Leben zu haben, sie ließt es von meinen Augen ab als ich sie anschaue, während José von der Reise erzählt. Sie nimmt es zur Kenntnis und knuddelt sich an mich ran.
Wer braucht schon einen Partner, wenn man eine beste Freundin hat?

Kennst du den Platz zwischen schlafen und wachen? Der Platz wo deine Träume noch bei dir sind?

2

„Wir haben deinen Geburtstag vor zwei Wochen nicht feiern können, lass uns doch heute gemeinsam ausgehen", schlägt Nala vor. Aber ich kenne das schon alles. Wir gehen gemeinsam mit José aus und ich bin, wie immer, das dritte Rad vom Fahrrad. Also einfach nur unnötig.
„Ich will nicht. Wir können zu Hause Kuchen backen und essen, das reicht doch völlig aus",
„Amaya, du machst jedes Jahr so ein Theater bzw. immer wenn wir ausgehen möchten, so kann es nicht weiter gehen. Ich verstehe, dass du immer noch nicht darüber hinweg bist und wahrscheinlich auch nie sein wirst. Aber du hältst dich selber davon ab zu leben. Du bist 24 Jahre alt, du solltest raus gehen, neue Leute kennen lernen, einfach irgendetwas machen. Du solltest Leben!", wirft mir Nala besorgt vor.
Genervt, verletzt und gleichzeitig mit Tränen in den Augen gehe ich in mein Zimmer, schließe mich ein und schmeiße mich aufs Bett.
Sie hat recht, ich bin total abwesend von der Welt, doch so tun als sei nie etwas passiert kann ich auch nicht.

Meine Eltern sind vor acht Jahren bei einem Autounfall, unterwegs nach Italien, ums Leben gekommen. Sie waren vorher in Frankreich aus geschäftlichen Gründen. In Italien wollten sie gemeinsam Urlaub machen, bevor mein Bruder zur Welt käme, meine Mutter war zu der Zeit hoch schwanger.
Leider habe ich sonst niemanden den ich Familie nennen kann, es gab nur meinen Vater, meine Mutter und meinen Bruder, der noch in Mamas Bauch war. Die Liebe zwischen meinen Eltern wurde von niemandem akzeptiert. Als meine Mutter dann mit mir schwanger wurde haben sie ihre Sachen gepackt und sind geflohen. Nur so konnten sie für immer zusammen bleiben. Bis zu ihrem Tod.
Seitdem Träume ich nur noch von dem Unbekannten schönen Mann. Mein Herz ist nur noch im Traum. Vielleicht habe ich deshalb bis jetzt niemanden näher kennen gelernt, um eine Beziehung zu führen. Ich weiß es leider nicht. So viele Fragen in meinem Kopf, dass ich ständig nur im Traum bleibe mit meinen Gedanken. Die Realität interessiert mich nicht sonderlich. Was hat es nur auf sich ständig von ihm zu träumen? Beim ersten Traum weiß ich noch ganz genau wie schockiert ich war, dass ich eine lange Zeit überlegt habe zu einer Psychologin zu gehen. Denn wie auch im letzten Traum fühlte es sich an

als sei es real, als gäbe es ihn tatsächlich und er hätte mich berührt.
Elisa, Nalas Mutter war eine sehr gute Freundin meiner Mutter und sie hat mich zu sich aufgenommen, da ich sonst in ein Waisenhaus gebracht worden wäre. Sie ist stolz zu sehen wie ihre Tochter und ich schnell selbstständig wurden. Gemeinsam schlossen wir erfolgreich die Schule ab, nach der Schule fingen wir an zu studieren. Nala hat Fitness Management studiert und ich, wie schon erwähnt, Modedesign. Zu erst war Elisa dagegen, dass wir zusammen eine Wohnung mieten, da sie der Meinung war, dass wir die Wohnung nur auf den Kopf stellen würden. Am Anfang hatte sie Recht mit ihren Befürchtungen gehabt, so haben wir zum Beispiel beim ersten Mal Pommes frittieren, die Küche fast abgebrannt. Trotz allem ist Elisa erstaunt wie selbstständig, erwachsen und verantwortungsvoll Nala und ich sind, vor allem haben wir gar keine finanziellen Probleme, auch nie welche gehabt. Sie kann trotzdem den Platz meiner Mutter nicht ersetzten. Niemand auf dieser Welt kann das.

„Amaya mach bitte die Tür auf und lass uns reden", fleht Nala an der Tür. Ich kann Nala nicht böse sein, sie will nur das beste für mich, deshalb öffne ich ohne zu zögern die Tür. Kaum ist die Tür offen werde ich schon von ihr überfallen und muss lachen, wie wir auf dem Boden umarmend hin und

her purzeln. Tief atme ich ein und wieder aus, während ich mich von ihr befreie,
„Okay, wir gehen gemeinsam raus, aber unter einer Bedingung, sag José bitte er soll noch einen Freund von sich mitbringen, ihr beide langweilt mich." Lachend bewirft sie mich mit all meinen Kissen die auf meinem Bett liegen.

„Halt doch mal still Amaya", meckert mich Nala an.
„Nein, dass ist viel zu viel, mach das bitte wieder weg, ich sehe aus wie ein Clown. Wir gehen doch nur etwas trinken", jammere ich.
„Es ist auch sehr selten, dass wir ausgehen, meine Liebe" fährt sie mich gefährlich an.
Sie ist immer noch sauer auf mich, weil ich sonst immer abgewimmelt habe irgendwohin zu gehen. Und heute freut sie sich besonders und dementsprechend sich und mich aufbrezeln wollen.

In der Bar, die erst seit paar Tagen geöffnet hat, angekommen bestellen Nala und ich schon, bevor die Männer kommen.
José hat Nala verraten, dass er seinen Cousin mitbringt, um ihn mir vorzustellen. Das ist der Grund, weshalb die liebe Nala mich zurecht gemacht haben will. Sie wünscht mir jemanden an meiner Seite und hofft Josés Cousin wäre etwas

für mich. Dabei halte ich nicht viel von Beziehungen. Gegen einen Flirt habe ich nichts, aber mehr als einen Flirt gibt es bei mir nicht. Ich kann mich nicht verlieben oder binden. Mehrmals habe ich es versucht, doch alle sind plötzlich immer verschwunden, so wie meine Eltern. Aus dem Grund male ich mir nichts zwischen dem Cousin von José und mir aus. Dabei wünsche ich mir eigentlich eine Romanze mit jemanden der mir all meine Sorgen von mir nimmt, aber so etwas gibt es nicht oder ich glaube nicht dran. Es sei denn jemand taucht in meinem Leben auf wie der Schöne in meinen Träumen. Die Frage ist, aber ob er denn auch bleibt oder wie alle anderen verschwindet, die ich geliebt habe. Wie meine Eltern.
Förmlich kann ich spüren, wie er vor mir steht und mich mit seinen verführerisch warmen Augen anschaut. Diese Wahnsinns-Gänsehaut überkommt mich wieder. Ich stelle mir vor wie ich jeden Morgen in seinen Armen aufwache. Natürlich lässt man mich nicht weiter Tagträumen, erst Recht nicht wenn man mit Nala zusammen ist, und werde durch ihr Brüllen aus meiner Welt zurück in die Realität geholt. Völlig verwirrt schau ich zu ihr und dann zu José, der vor mir steht. Ich stehe auf, begrüße ihn wie immer mit einer Umarmung, anschließend seinen Cousin, der mir die Hand gibt und sich, mit dem Namen Luis,

vorstellt. Man sieht sofort, dass er aus dem engeren Kreis der Familie von José ist. Er hat die selben lockigen, etwas längeren, Haare wie José, auch die tiefen braunen Augen sind gleich. Luis jedoch hat freundlichere Gesichtszüge als José. Gemeinsam setzen wir uns und genießen den Abend.

Außer mir, hat jeder Spaß, denke ich. Luis hat großes Interesse an mir und versucht immer wieder, vergeblich, mit mir in ein Gespräch zu kommen. Er sieht mehr als nur gut aus, keine Frage. Es liegt an mir, ich habe einfach keine Interesse an irgendjemanden auf diesem Planeten. Außerdem schweifen meine Gedanken immer wieder ab, mal denke ich an meine Eltern, wenn ich kurz vor dem Weinen bin gehe ich aufs WC und mal denke ich an meinen Traum.

Es ist echt verrückt, dass ich so sehr über einen Traum nachdenke, nur weil er sich, bis unter meiner Haut, so echt angefühlt hat.

„Amaya, alles okay?", rennt mir Nala hastig hinterher, als ich wieder aufs WC gehe.

„Alles fresh", antworte ich ihr lachend, wobei man das Beben in meiner Stimme nicht überhören kann.

„Sollen wir nach Hause?", fragt sie mich besorgt, doch ich tu so als ginge es mir bestens und wir können weiter den Abend genießen, dabei denke ich, bei jedem weiteren Schluck Whiskey,

mehr und mehr an meine Eltern und dem Mann aus meinem Traum, der aus meinen Gedanken raus sollte.
Ich bemühe mich so aufrecht wie nur möglich zu laufen, damit man mir nicht ansieht, dass ich mit dem Alkohol übertrieben habe.
An alles was ich mich danach erinnern kann ist, dass ich ausgerutscht bin und an irgendetwas mit meinem Kopf gestoßen bin. Denn dieser Schmerz, der einmal durch meinen ganzen Körper geht, ist unerträglich. Kein Wort dieser Welt kann es beschreiben. Es fühlt sich an, als seien alle Körperteile eingeschlafen, gleichzeitig mit Schmerz und Druck verbunden.
Immer wieder höre ich im Hintergrund ein Geschrei und Sirenen, doch um mich damit zu befassen, bin ich zu schwach, dabei ist es überhaupt nicht mein Ding schwach zu sein.
Alles verschwimmt vor meinen Augen.
Ich erinnere mich daran als mein Vater mir versprochen hat immer bei mir zu sein, egal was passiert. Er hat mir gesagt er wird mir jeden geheimen Wunsch erfüllen. Er hat sein Versprechen nicht halten können.
Ich kann mir, und werde mir nicht vorstellen können, dass irgendjemand auf dieser Welt so liebevoll ist wie es meine Mutter gewesen ist. Ihr Geruch hieß immer für mich Sicherheit, danach habe ich nie wieder Sicherheit gerochen oder

gefühlt. Jedes mal wenn jemand Elisa wegen mir ausfragt, sagt sie stolz, dass ich die Tochter eines Engels bin. Sie zeigt ihren Schmerz nicht, aber ich erkenne es an ihrer Stimmt, denn ich fühle es auch. Ich weiß wie es ist Schmerzen mit sich zu tragen. Sie trauert bis heute, genau so viel wie ich. Man darf aber niemals den Schmerz präsentieren, denn dann weiß jeder wo dein Wundpunkt ist. Meine Mutter hat mir jeden Schmerz weg genommen. Diesen Schutz habe ich viel zu früh verloren.

„Mama ich vermisse dich", schluchze ich aus mir raus.

Wie wohl mein Bruder ausgesehen hätte? Wäre er wie ich? Wem würde er ähneln? Würden wir uns verstehen? Bei ihm kann ich mir nur Fragen stellen. Ich kann mich noch ganz genau daran erinnern wie es sich angefühlt hat als ich den ersten Tritt an Mamas Bauch an meiner Hand gespürt habe. Es hieß für mich Familie, zu Hause und Liebe. Oft habe ich meine Mutter gefragt wieso er nicht jetzt schon aus dem Bauch raus kommen kann, da ich der Meinung war, dass er keine Luft im Bauch kriege.

Immer wenn ich an meine Eltern denke höre ich gleichzeitig deren Stimmen in meinem Kopf herum schwirren. Mein Herz zieht sich zusammen, es verschnürt sich, ob es sich jemals wieder ausweiten wird?

Langsam und mühevoll öffne ich meine Augen und sehe direkt in den klaren Himmel. Es ist ein schönes blau, welches mich fröhlich macht. Ein paar, perfekt geformte, Wolken ziehen ihre Route. Nochmals schließe ich meine Augen, nur um die frische Luft genussvoll einzuatmen. Langsam und unsicher raufe ich mich auf und setzte mich hin. Unter mir ist eine frische grüne Wiese, die mit ein paar Gänseblümchen bedeckt ist. Ich streiche mit der Handfläche darüber. Obwohl ich eigentlich vor lauter Panik aufspringen und mich auf den Weg machen würde, um zu wissen wo ich bin und wie ich hier her komme, stehe ich stattdessen ganz locker auf und fühle mich pudelwohl. Es ist mir egal wo ich bin, hier ist es sehr schön, es fühlt sich an wie zu Hause. Ein traumhafter Ort. Die Wärme der Sonne spüre ich auf meinem Nacken, die Luft ist frisch, es sieht unglaublich schön aus. Um mich befinden sich viele Bäume, die dicht aneinander wachsen, ein Wald, im Kern des Waldes bin ich auf einer kleinen freien Fläche. Ich gehe einige Schritte vor und merke erst dann, dass ich wohl auf einem Hügel stehe, denn unter mir befindet sich kristallklares Wasser und gegenüber rauscht mir ein Wasserfall zu. Wie komme ich bloß hier her? Auch wenn es mir egal ist wie ich hier gelandet bin setzte ich mich vorsichtig auf einen Stein, wo sich eine Decke befindet, damit mein weißes Kleid nicht dreckig wird und lasse meine Beine frei baumeln. Woher habe ich das Kleid? Es sieht schick aus, auch wenn es einfach geschnitten ist. Die Ärmel gehen mir leicht über den Ellbogen. An den Armen bis unter die Brust liegt es eng an, danach fällt es locker bis zu meinen Knien. Ich streiche an meinem Kleid, der Stoff fühlt sich sehr schön an, so gemütlich. Wie zu Hause. Mein Blick richte ich wieder nach vorne, ich genieße die Aussicht. Ich möchte für immer hier bleiben.

„Amaya!", höre ich eine bekannte Stimme nach mir rufen. Aber das ist doch...
Mein Atem setzt für einen Augenblick aus als ich wieder in diese unbeschreiblichen Augen schaue. Ich kehre ihm schnell wieder den Rücken zu, weil ich merke, wie die röte in mein Gesicht immer intensiver wird. Mir wird heiß. Wie schafft er es nur mir den Atem zu rauben und mein Herzschlag zu erhöhen. Ich weiß immer noch nicht wer das ist, aber ich weiß dass es nur ein Traum ist. Er ist nicht echt. Aber alles fühlt sich echt an. Mein Herz ist hier. Gerade als ich beschließe mich wieder zu ihm zu wenden und ihn zur Rede zu stellen, steht er schon vor meiner Nase und ich spüre ihn. Ich spüre alles an ihm, seine Wärme, seinen Herzschlag und sein süßer Geruch lässt mich verstummen.

„Schau mal ich habe für uns ein paar

Früchte gesammelt", sagt er mir mit einem stolzen Lächeln. Ich schaue in den Korb den er mir hin hält. Er nimmt die Decke in die eine Hand, in die andere nimmt er meine Hand in seine und führt mich zurück zur Stelle wo ich eben noch lag. Vom letzten Mal, als ich von ihm geträumt habe, habe ich gelernt, dass es alles nicht echt ist, aber ich werde mir keine Fragen mehr stellen, sondern alles genießen. Letztendlich ist es nur ein Traum. Ein schöner Traum. Es tut gut so berührt zu werden wie er es tut, er gibt mir das Gefühl jemand zu sein.
Während er die Decke ausweitet stehe ich daneben und begutachte seine Bewegungen, wie er die Decke zurecht macht, wie er den Korb in die Mitte stellt, einen roten Apfel elegant aus dem Korb nimmt und rein beißt. Er sieht zu mir und deutet mir mich zu ihm zusetzen. Ab da weiß ich, ich möchte nicht mehr aus dem Traum weg. Ich möchte für immer hier bleiben mit ihm.
Lange sitzen wir gemeinsam und essen alle Früchte, wie Äpfel und Beeren. Ich möchte so gerne mit ihm reden, doch meine Stimme ist davon gelaufen. Ich möchte ihm so gerne danken, für diese schönen Momente und seiner Aufmerksamkeit, doch immer wenn er bei mir ist setzt sich ein Kloß in meinen Hals. Er streicht mir über die Lippen, dabei beißt er auf seine. An die Gänsehaut habe ich mich schon längst gewöhnt

und muss lächeln als diese mich wieder übergibt. Er zieht mich an sich. Ab da dröhnt sein Herzschlag in meinem Kopf und lässt mich nur noch seinen Rhythmus anhören, denn ich liege auf seiner Brust. Seinem süßen Duft bin ich schon lange verfallen. Aus Verzweiflung kullern mir schon einige Tränen die Wangen entlang, weil ich weiß, ich wache jeden Augenblick auf und alles ist dann wieder weg, er wird weg sein. Sanft, dreht er sich zu mir, um dass er halb auf mir liegt. Ich lasse es zu, denn es fühlt sich richtig an. Er umfasst die eine Hälfte meines Gesichts, mit dem Daumen streicht er mir immer wieder über die Lippen. Irgendwie habe ich das Gefühl er schaut mich besorgt an, gleichzeitig aber auch glücklich. Sein Blick wandert immer wieder zu meinen Lippen und ich starre ihm nur in die Augen, in die ich so verfallen bin, dass ich gar nicht merke wie er immer näher zu meinen Lippen wandert. Erst als seine Lippen auf meinen liegen schrecke ich leicht zusammen. Unglaublich! Mit dieser Berührung hat er mir all meine Sorgen genommen, genau wie ich es mir immer im wahren Leben von der Liebe erhofft habe. Seine Lippen liegen lange auf meinen, es geht weiter mit vielen kurzen Küssen, wo ich langsam auch anfange auf seine Küsse einzugehen.
Sein süßer männlicher Duft und seine süßen Küsse, die nach Apfel und Beeren schmecken,

genieße ich sehr. Nach einiger Zeit wird der Kuss immer leidenschaftlicher, bis seine Zunge auf meine trifft. Ich spüre wie die Mauer durchbricht, die ich mir um mein Herz gebaut hatte, um niemals verletzt zu werden. Mein eingefrorenes Herz taut langsam aber sicher auf. Ich lege meine Hand auf seinen Nacken und ziehe ihn näher an mich und vergesse für einige Zeit das ich mich in einer meiner Träume befinde.
Ich will ihn!
Er nimmt es herzlich an und schmiegt sich fester an mich. Mit der einen Hand hält er mich am Nacken fest und mit der anderen Hand gleitet er meinen Rücken rauf und runter.
„Wie heißt du?", spult es aus mir abgrubt raus, als wir uns voneinander lösen, um nach Luft zu schnappen.
„Denno. Mein Name ist Denno", antwortet er mir mit einer noch raueren Stimme als je zu vor.
Gerade als ich den Namen auf meiner Zunge zergehen lassen möchte, kriege ich den nächsten Kuss. Viel zu lange warte ich schon.

„Lieber Gott, ich möchte in meinem Traum bleiben."

3

Erschöpft öffne ich mühevoll meine Augen, was ich irgendwann auch schaffe. Schnell merke ich, dass ich nicht in meinem Bett liege und wirbele um mich herum und falle wie ein Tollpatsch aus dem Bett.

„Alles in Ordnung?", fragt eine sanfte raue und gleichzeitig verschlafene Stimme.
Wie gelähmt, mit weit aufgerissenen Augen, bleibe ich auf dem Boden liegen und schaue auf mich herab. Ich kann mich nicht daran erinnern ein weißes kurzes Nachthemd angezogen zu haben. Entsetzt frage ich mich was ich nur gemacht habe.
Ich möchte weinen, weil ich mich so schäme, da werde ich am Arm gepackt und wieder auf das Bett gezerrt. Unglücklicherweise kriege ich mich nicht befreit, doch als ich in die wunderschönen Augen wieder erblicke erstarre ich blitzschnell zur Statue. Ich werde wohl nie widerstehen können.

„Was hast du? Geht es dir nicht gut?", fragt mich Denno besorgt.

„Wie komme ich hier her? Was hast du mit mir gemacht?", fahre ich ihn gefährlich und schockiert an.
Sein Gesicht wird ernst.

„Wir waren gestern im Garten Eden. Du bist

zitternd in meinen Armen eingeschlafen. Ich wollte nicht das du krank wirst, also habe ich dich nach Hause getragen und ins Bett gelegt. Schließlich ist es unser Bett und unser Haus oder wolltest du im Wald liegen bleiben? Sicher, dass es dir gut geht?", erzählt er mir und versteht meine Reaktion gar nicht.

„Na ja, dir auch guten Morgen." fügt er noch hinzu und steht genervt auf um ins Bad zu gehen. Dabei begutachte ich Dennos breites Kreuz. Er ist so durchtrainiert, seine Haut ist straff und sein Po. In der weißen Boxer-Short aus Seide sticht sein runder, anbetungswürdiger, Po heraus. Wie kann man nur so perfekt aussehen?
Ich seufze laut auf und schmeiße meinen Kopf ins weiße Kissen. Mit geschlossenen Augen, ordne ich meine Gedanken noch mal nach. Bilder vom Abend in der Bar schießen mir durch den Kopf, wie ich im Garten Eden, wie Denno eben gesagt hat, plötzlich stehe und jetzt im Bett unseres Hauses aufwache. Mehrmals gehe ich diese Fakten durch bis mir klar wird...
Im Garten Eden, dass Paradies, wo Adam, Eva und Gott gelebt haben? Ich habe ein weißes Kleid getragen und Denno eine weiße Hose mit einem weißen Pullover. Hier ist alles weiß.
... Ich muss tot sein!
Eine Panik übergibt mich und ich laufe ins Bad, wo Denno am Duschen ist und beuge mich über die

Toilette, um mich mehrmals zu übergeben, mit der Hoffnung das meine Panik damit aus mir verschwindet.
Denno tritt aus der Dusche aus und wickelt sich ein Badetuch um die Hüfte.
„Was hast du denn? Wären wir früher nach Hause gekommen, meinetwegen bist du krank geworden. Sollen wir zum Arzt?", fragt Denno mich besorgt.
Ich weiß leider nicht, was ich mit ihm jetzt anfangen soll. Was ich ihm erzählen soll und wie ich mich verhalten soll. Denn im Großen und Ganzen weiß ich gar nichts.
„Nein schon gut. Ich mache mich frisch und frühstücke etwas, dann müsste es mir schon viel besser gehen.", mit diesen Worten lasse ich das Wasser in die Badewanne laufen. Denno steht noch lange da und lässt mich nicht aus den Augen. Ich schenke ihm ein Lächeln, bei dem niemand widerstehen kann. Kopfschüttelnd geht er aus dem Bad heraus.
Nach einem ausgiebigem heißen Bad mit süßen Düften, die meine verwirrten und überforderten Gedanken benebeln, gehe ich in das Schlafzimmer, welches anscheinend Denno und mir gehört, um den Kleiderschrank zu suchen. Neben dem Badezimmer ist eine weitere Tür, die ich neugierig betrete. Und so habe ich wohl das Ankleidezimmer gefunden, was genau so weiß wie

der Rest bis jetzt um mich herum ist. Selbst die Klamotten sind alle weiß und sehr edel. Ich ziehe mir eine weiße Hose mit einem weißen Top an und da drüber einen weißen Cardigan. So langsam packt mich die Neugier immer weiter in ihrer Macht, dass ich schon fast zum Fenster stolpere und raus schaue, um zu wissen wie es draußen um mich herum aussieht. Während ich mir ausmale, dass wahrscheinlich weiße Wolken um das Haus schweben und selbst das Haus auf einer weißen Wolke schwebt, scheint es, als würden wir im Garten Eden wohnen.

„Geht es dir besser?", unterbricht Denno meine Gedanken als er ins Zimmer kommt mit einem Tablett, welches mein Frühstück sein soll. Diesen Augenblick habe ich mir mein Leben lang erwünscht und kann mir ein Grinsen nicht verkneifen. Er denkt einfach an alles. Also akzeptiere ich es ab diesem Moment, dass ich tot bin und jetzt im Himmel mit einem wundervollen Mann lebe. Ich fühle mich hier sowie so viel wohler. Und ich spüre alles. Seinen Herzschlag und meinen im selben Takt, seinen süßen Duft, wie er mich küsst und mich anschaut. Ab heute ist es echt. Fröhlich gehe ich zu ihm rüber und gebe ihm einen Kuss auf die Wange,

„Vielen Dank", und setzte mich auf das Bett, um mit ihm alles was auf dem Tablett ist aufzuessen. Er schaut mich verwirrt an, doch

kommt ohne ein weiteres Wort zu mir.
Die nächsten Tage verlaufen, wie soll ich sagen, himmlisch. Es ist ein unglaublich schönes Gefühl im Arm eines Menschen bzw. Engels, den man liebt einzuschlafen und wieder aufzuwachen. Tagsüber ist Denno arbeiten. Er ist Künstler und zeichnet und verkauft seine Bilder anschließend an Galeristen. Ich arbeite anscheinend nicht und bin den ganzen Tag damit beschäftigt den Haushalt zu schmeißen. Wenn ich mal Zeit habe zeichne ich jede Menge neue Entwürfe und habe auch schon schnell eine komplette Kollektion zusammen gestellt. Am Abend koche ich uns was bis Denno wieder da ist. Wir gehen oft im Garten Eden spazieren, wo viele Glühwürmchen mich verzaubern.

„Schau mal rote Äpfel, die gibt es äußerst selten. Willst du mal probieren?", fragt mich Denno mit seiner, wie immer, liebevollen Art. Ich nehme den Apfel und beiße ein großes Stück ab. Denno wartet auf meine Meinung zum Geschmack und ich nicke ihm zufrieden zu,

„Sehr lecker".
Noch eine Weile spazieren wir im Wald und gehen anschließend zum Wasserfall. Als ich mich hin setzten möchte wird mir schwindelig, ich lege mich auf den Rücken, während meine Füße im Wasser abgekühlt werden. Ich kriege mit einem Schlag starke Bauchschmerzen und stöhne laut

auf. Denno reagiert diesmal nicht so wie beim letzten Mal als ich mich übergeben habe. Er sitzt mit dem Rücken zu mir und schaut mich nicht mal an. Ich versuche mich stark aufzuraffen und möchte mich hin setzten, doch der Schmerz ist unerträglich. Als ob man mir was aus dem Bauch heraus reißen möchte, aber dieses etwas fest in meinem Bauch verwachsen ist. Mit meiner rechten Hand möchte ich mich zu Denno ausstrecken und mit der anderen Hand streiche ich mir über den Bauch. Ich merke, dass es warm und feucht ist und betrachte meine Hand die Blut verschmiert ist. Ich verstehe wieder mal nur Bahnhof und weiß nicht was ich tun soll. Ich möchte Denno bitten mir zu helfen, doch ich kriege keinen Ton raus. Mit aller Kraft recke ich, im Liegen, meinen Arm zu ihm, um ihn an zu tippen, doch ich komme nicht an ihn dran. Fast geschafft dreht sich Denno blitzartig zu mir um, so dass ich meinen Arm vor Schreck fallen lasse. Er sieht mich enttäuscht an. Was ist denn jetzt schon wieder los?

„Ich habe dir schon so oft gesagt du sollst auf dich aufpassen. Du sollst keinen Mist machen...", beginnt er an zu erzählen.
Aber wovon redet er da?

„...Ich beobachte dich seit dem Tod deiner Eltern und habe dich immer beschützt. Ich habe dir immer geholfen, aber du bist jetzt alt genug um zu wissen was richtig und falsch ist. Du

achtest nicht auf dich. Du musst das machen was gut für dich ist, wenn etwas nicht gut läuft musst du dafür sorgen, dass es besser wird und nicht davon weg laufen. Ich war der glücklichste Mensch die letzten Tage mit dir verbracht zu haben. Bitte, mach etwas aus deinem Leben. Amaya, ich liebe dich."
Mit diesen abschließenden Worten schließe ich meine Augen, da ich weiß, dass Denno mich jetzt verlässt und merke wie warme Tränen meinen Wangen entlang fließen. Ich sehe nur noch schwarz und mein Schmerz wird immer unerträglicher. Wieder wird mir übel, wieder habe ich den Glauben, wenn ich mich übergebe, dass alles schlechte aus mir raus kommt, doch ich quäle mich eine lange Zeit mit den Schmerzen. Erst ist es mein Bauch, dann ein Stechen in meiner Brust und am Ende alles, selbst meine Finger, wie sie erstarren als fließe kein Blut mehr durch.

Ich höre ein Weinen, die Stimme meiner Mutter wie sie mich immer in den Arm genomen hat, wenn ich am Weinen war und Denno, wie er mir sagt, dass er mich liebt. Wie kann es sein?
Ich schaue zur Decke und verspüre einen Schmerz durch meinen Körper laufen, doch am stärksten ist er in meinem Kopf. Ich möchte mich bewegen und merke, dass ich an mehreren

Geräten angeschlossen bin. Nach mehreren Versuchen mich zu befreien gebe ich auf und schließe wieder meine Augen. Mein Leben ist so verrückt. Ich blicke gar nicht mehr durch. Nicht lange und es werden meine Gedanken vertrieben, als ich einen freudigen Schrei außerhalb des Zimmers höre. Nala und ihre Mutter Elisa kommen ins Zimmer geplatzt. Beide drücken mich fest und küssen mehrmals meine Wangen und meine Stirn. Bei jeder Berührung stöhne ich vor Schmerz auf.

„Gott sei Dank!", sagt Elisa laut und hebt, dabei schauend zur Decke, die Arme.
Wenn ich wüsste was los ist würde ich vielleicht mitfühlen oder mit handeln, aber ich habe leider wieder mal keinen Schimmer was los ist. Mein Leben steht völlig auf dem Kopf und ich weiß gar nicht wie ich alles ordnen soll.

„Was ist passiert?", frage ich vorsichtig mit einer schwachen Stimme.

„Kannst du dich daran erinnern, als wir auf WC waren in der Bar? Ich hatte dich gefragt, ob alles in Ordnung ist", fängt Nala mich an zu erinnern.
Ich nicke ihr zu, damit sie fortfährt.

„Als du dann aus der Toilettenkabine raus gekommen bist, bist du gestolpert. Du bist mit der Schläfe gegen den Waschbecken gestoßen und dann...", weiter kommt Nala nicht, denn was danach passiert ist hat sie bis jetzt nicht verdaut. Sie atmet tief ein und wieder aus,

„Du lagst bewusstlos auf dem Boden. Ich wusste nicht was ich tun soll, also sagte ich an der Theke Bescheid, dass sie einen Krankenwagen rufen sollen. Ich bin mit dir, ins Krankenhaus, gefahren, José und Luis haben meiner Mutter Bescheid gesagt und sind auch hier her gekommen. Wir haben uns die letzten fünf Tage immer abgewechselt, damit immer einer bei dir ist. Oh Gott, Amaya, du weißt gar nicht wie ich mir den Kopf zerbrochen habe. Die Ärzte hatten gestern früh behauptet, dass du es nicht überleben wirst, weil du einfach keinen Fortschritt machst und nur mit Hilfe der Geräte am Leben warst". Nala stoppt kurz, da sie meinen schockierten Gesichtsausdruck gesehen hat. Sie nimmt mich in den Arm und versucht mich zu beruhigen und erwähnt immer wieder, dass alles, Gott sei Dank, gut gelaufen ist. Die Ärzte kommen immer wieder mal rein, um nach mir zu schauen und fragen mich mehrmals wie ich mich fühle. Ich würde am liebsten sofort nach Hause gehen und mich in meinem Bett verkrümeln, jedoch muss ich noch mindestens drei Tage bleiben.

Die nächsten Tage verlaufen friedlich, immer sitzen Nala, José, Elisa und sogar Luis neben mir und unterhalten mich. Luis denkt nicht daran mich aufzugeben. Er kommt jeden Morgen mit einem

Blumenstrauß und Pralinen. Wir unterhalten uns, denn ich habe keine andere Wahl. Nicht lange und ich lasse mich voll und ganz auf sein Gespräch ein. Ich freue mich sogar ihn zusehen, denn nur bei ihm kriege ich erstaunlicherweise einen klaren Kopf und vergesse das komplette Chaos in meinem Leben.
Nachdem die drei Tage endlich vorbei sind und zu Hause in meinem Bett liege, zur Decke starrend, kann ich mich endlich richtig ausruhen. So schön es auch gewesen ist alle im Krankenhaus um mich herum zu haben, vor allem Luis, habe ich mich nicht ausruhen können. Das Bett war ungemütlich, ständig kam eine Arzthelferin rein um mich zu versorgen.
Mit dem Gedanken fallen mir meine Augen wieder zu und weiß ich entferne mich von der Realität. Alles ist schwarz und ich höre Stimmen. Stimmen, die mir wichtig sind, wie meine Mutter, meinen Vater und Denno. Und schon erwache ich wieder schwer atmend auf. Verschwitzt schaue ich auf meinen Wecker, der neben meinem Bett auf einer Kommode steht und bemerke, dass ich einen ganzen Tag geschlafen habe und jetzt am Folgetag in der Nacht plötzlich hell wach bin. Schließlich habe ich das auch gebraucht und fühle mich viel besser. Ich stehe vorsichtig auf und gehe zur Küche, um mir was zu trinken zu holen. Als ich mich wieder erschöpft ins Bett schmeiße

denke ich über die letzten Worte von Denno nach. Heißt es etwa, er ist nur in meinen Träumen, weil es mir so schlecht geht? Ich weiß nicht was ich tun soll und um mich jetzt in der Nacht damit zu beschäftigen fehlt mir die Kraft. Ich drehe mich Richtung Nachtkommode zu meiner Linken und entdecke einen Blumenstrauß á la Luis mit einem Umschlag. Neugierig setze ich mich auf und knipse meine Nachtlampe an:

Liebe Amaya,
ich würde sehr gerne mit dir alleine essen gehen. Bitte werde schnell gesund und sag ja. Ich würde mich wirklich sehr freuen.
In liebe Luis.

Mit einem Kichern, knipse ich das Licht aus und lege mich wieder schlafen. Eigentlich ist es total kindisch, völlig albern. Das hat man damals in der Grundschule gemacht, aber wieso freue ich mich so? Nach acht Jahren schlafe ich das erste Mal mit einem überglücklichen Lächeln ein und das wegen einem Brief von Luis.
Eine Woche lang bin ich noch krank geschrieben und danach habe ich zwei Wochen Urlaub. Hoffentlich bin ich bis dahin richtig fit, da ich mit Nala nach Argentinien fliegen werde. Und um nicht noch mehr zu Hause einzugehen beschließe ich einkaufen zu gehen und Abend essen für Nala und mich zu machen. Außerdem putze ich die

ganze Wohnung, recherchiere nach einem kleinen Haus für Nala und mich, damit jeder seine eigene Etage hat, so dass sie dann auch mit José ungestört bleiben kann. Bei einigen habe ich auch schon Besichtigungstermine aus gemacht. Es tut richtig gut aktiv zu sein. Im Internet recherchiere ich noch ein wenig was es neues in der Modewelt gibt. Zufällig stoße ich auf einen Artikel zu. Ich lese mir alles aufmerksam durch und überlege lange, ob ich da teilnehmen soll oder nicht.
Der Gewinner darf seine eigene Kollektion auf der New Yorker Fashion Week präsentieren und kriegt ein eigenes Atelier geschenkt. Das könnte mein Durchbruch für meine Karriere werden. Es ist mein Traum erfolgreich zu werden, mit dem wofür ich Herz und Seele einsetze. Ich stelle mir vor wie man mich interviewt, wie allen es interessiert wer ich bin. Alle würden mich kennen, wahrscheinlich lieben. Ich wäre berühmt, die Menschen würden ein Autogramm von mir haben wollen und so weiter und so fort. Wieder kichere ich. Seit Luis Brief bin ich sehr glücklich und munter. Vielleicht gebe ich ihm wirklich eine Chance.
Wo meine Gedanken schon wieder hin führen, bleib bei der Sache Amaya! Er mahne ich mich. Ich schaue auf meinen Laptop und ich werde nachdenklich. Ich glaube nicht wirklich daran zu gewinnen, so sehr ich es mir auch wünsche. Zwar habe ich schon mal, aus Spaß, ein paar mal an

Wettbewerben oder Verlosungen teilgenommen, doch wie zu erwarten hat man sich nie bei mir gemeldet. Trotz allem steckt in mir ein wenig Hoffnung, so dass ich alles ausfülle und mit einem Lächeln auf Senden klicke.

4

Endlich ist es so weit. Nala und ich begeben uns auf den Weg zum Flughafen. Das wird unser erster gemeinsamer Urlaub. Für mich persönlich ist es noch was viel besonderes, da es mein erster Urlaub wird den ich je hatte. Nala hat mich hin und her jagen müssen, weil ich immer alles vergessen habe und am Ende gar keinen Überblick mehr hatte, was ich denn jetzt alles mit nehmen soll und was nicht. Das war eine Katastrophe, so dass Nala mich nach ihrem Wut Ausbruch ausgelacht hat und dann alles für mich erledigt hat.

„Ich hoffe wir haben nichts vergessen", erwähnt Nala extra laut, vorne im Auto, neben José. Ich muss breit grinsen. Anscheinend hat sie an das selbe gedacht wie ich.

Angekommen bin ich als aller erstes vom Flughafen so überwältigt und frage mich andauern wie wir es zum richtigen Flugzeug schaffen sollen. Der Flughafen ist so riesig, fast so groß wie eine Stadt. Ich habe keine Ahnung von dem ganzen Reisen und will es auch erst gar nicht versuchen, also stelle ich mich hinter Nala, sie soll die Führung übernehmen.

„Okay, meine lieben. Ich wünsche euch viel Spaß, passt auf euch auf. Falls was sein sollte,

sagt mir Bescheid. Ruft Elisa und mich bitte an, wenn ihr im Hotel angekommen seid", verabschiedet uns José.
Elisa hat es leider nicht geschafft mitzukommen, da sie heute Frühschicht arbeiten muss. Nala und José verabschieden sich mit einer langen Umarmung und einem sehnsüchtigen langen Abschiedskuss, wo ich, wie immer, weg schaue, weil ich mir sonst blöd vor komme. Und wieder einmal denke ich an den letzten Traum, in den ich mich schon eingelebt hatte, da ich dachte ich sei tot und würde für immer mit ihm zusammen bleiben. 'Amaya, ich liebe dich von ganzen Herzen', diese Worte kann ich einfach nicht vergessen, auch wenn es nur ein Traum war. Viel zu realistisch hat es sich angefühlt um es vergessen zu können.
'Ich liebe dich', dass hat noch nie ein Mann zu mir gesagt. Wieso kriege ich denn jetzt schon wieder ein Kribbeln im Bauch? Sind das etwa Schmetterlinge?

„Alles okay? Du siehst so blass aus.", fragt mich Nala besorgt.

„Ich glaube, dass ist die Aufregung.", versuche ich mich raus zu reden.
Und so gehen wir gemeinsam Richtung Flugzeug. Als wir alles geschafft haben bin ich froh, Nala bei mir zu haben, da ich sonst bestimmt für eine Kriminelle gehalten werden würde, so wie ich

mich aufgeführt habe und geglaubt habe man könne einfach mal zum Flugzeug spazieren, ohne irgendjemanden was vorzulegen oder sich kontrollieren zu lassen.
Wir steigen ins Flugzeug ein.
„Wo sind eigentlich unsere Koffer?",
„Ähm... unter dem Flugzeug ist ein Bereich wo die Koffer verstaut werden, wenn wir an kommen werden die abgeladen und zu einem Fließband gebracht, so dass jeder sich dann seinen Koffer nehmen kann", antwortet Nala ruhig. Ich kenne sie aber zu gut, denn sie lacht sich innerlich schlapp über meine Frage.
Seit zwanzig Minuten sitzen wir schon auf unseren Plätzen und hören uns die Sicherheitsanweisungen der Stewardessen an, die mega sexy gekleidet sind und eine Menge Make-up aufgetragen haben. Anstatt zu zuhören krame ich verzweifelt in meiner kleinen Handtasche nach meinem Kopfhörer bis ich diese endlich finde. Kopfhörer rein, Musik an und Welt aus, wie man so schön sagt. Worüber ich mich am meisten freue am Fenster zu sitzen, um die Stadt und Deutschland von oben zu sehen. Ungeduldig frage ich immer wieder Nala wann es denn endlich los gehe bis der Pilot startet. Mein Herz fängt an zu rebellieren und ich spüre meinen Adrenalin Schub. Begeistert von dem Ganzen komme ich mir vor als hätte ich meinen Star-Idol getroffen. Ich

wirble ständig neugierig um mich herum wie ein kleines Kind, bis das Flugzeug abhebt und keinen Kontakt mehr zum Boden hat. Sofort kleben meine Augen am Fenster. Ich sehe wie die Autos, Menschen und Häuser immer kleiner und kleiner werden. Die Aussicht von oben fasziniert mich so sehr und gibt mir das Gefühl frei zu sein und von allem davon zu fliegen. Entspannt mit einem Lächeln lehne ich mich in meinen Sitz und genieße meine neue Musik die ich von Luis am Abend zuvor noch bekommen habe, der auch noch bei uns war um uns zu verabschieden.
Er hat mir erzählt, dass er DJ ist und auch stolz einige seiner Mixtapes vorgespielt, die ich jetzt alle auf meinem MP3-Player habe. Er ist so süß, gestehe ich mir. So aufmerksam und zärtlich.
Allerdings gibt es ein Problem, Denno.
Ich denke ständig nur an ihn. Was ein Dilemma. Da ist mal jemand der meinen Ansprüchen entspricht, aber ich denke lieber an jemanden den es gar nicht gibt. Echt Klasse!
Immer wieder kommt eine der hübschen Stewardess, fragt ob alles in Ordnung sei, ob wir was brauchen, so wie Wasser oder Snacks, und bringt uns nach einigen Stunden unser leckeres Essen. So köstlich das Essen auch ist, habe ich nicht mal die Hälfte essen können, da mir vom Wackeln des Flugzeugs übel wird. Es wird immer stärker und so langsam bekomme ich Angst, doch

den anderen Passagieren scheint es nicht zu interessieren. Um mich beruhigen zu können und ruhig zu bleiben nehme ich einen Schluck Wasser und es geht mir dann auch viel besser. Der Pilot meldet sich und begründet das Wackeln, wegen eines starken Windes. Irgendwann hört es auch auf.
Während Nala tief und fest neben mir schläft kriege ich leider kein Auge zu und fange mal wieder an über mein Leben zu philosophieren. Ich kriege Denno nicht aus meinem Kopf und werfe mir selber vor wie blöd ich eigentlich bin. Es ist nur ein Gott verdammter Traum!
Wieder meldet sich der Pilot, dass wir in in Argentinien landen. Nach paar Minuten spürt man schon wie das Flugzeug auf den Boden gleitet und alle Passagiere applaudieren, selbst Nala. Ich schaue sie fragend an, sie erklärt mir knapp, dass man damit dem Piloten lobt, weil er gut gelandet ist. Nach einem langen Gedrängel steigen wir endlich aus dem Flugzeug aus und mir bleibt der Atem weg.
Es ist so heiß! Die Sonne klebt förmlich an mir. Schnell laufe ich mit Nala in den klimatisierten Flughafen und bleibe stehen, doch Nala läuft weiter. Sie weiß was sie tut also laufe ich ihr einfach hinter her. Am Fließband angekommen stehen wir gefühlte Jahre da und warten auf unsere Koffer, die ersten treffen endlich ein. Den

Weg zum Ausgang steuern wir sehr langsam an, da wir uns nicht trauen wieder die Hitze, die draußen herrscht, nochmals zu umarmen. Wir nehmen den Bus, der uns zum Hotel fährt und bin sehr sehr froh, dass Nala, dank José, spanisch spricht. Ich schaue zu ihr und zum Busfahrer und lache mit ihnen mit, als würde ich verstehen was sie da auf spanisch reden.
Am Hotel angekommen kriegen wir gar nicht unseren Mund zu vom Staunen.
„Wow", bringt Nala aus sich raus,
„Unglaublich", füge ich noch hinzu.
Das werden die besten zwei Wochen unseres Lebens. Diesen Trip nach Argentinien haben wir uns seit Jahren gewünscht. Es fing alles mit einem Projekt in der Schule an. Wir sollten alles über Argentinien heraus finden und waren dann am Ende selbst so fasziniert, dass wir unser Projekt so gut vorstellen konnten und mit einer eins belohnt wurden.
Wir künden noch unsere Ankunft an der Rezeption an, kriegen unsere Zimmerkarten und weitere Informationen, bis wir dann endlich in unsere Suit erschöpft eintreten. Nala ruft ihre Mutter und José an. Ich hätte auch gerne noch jemand angerufen, doch leider habe ich niemanden. Nachdem Nala unsere Reise und Ankunft berichtet, gehen wir erst einmal ausgiebig baden, machen uns schick und gehen ins Restaurant, da unsere Mägen

angefangen haben sich zu beschweren. Es gibt alles zu essen, alles was das Herz begehrt. Wir schlagen unsere leeren Mägen voll und gehen dann raus zum Pool. Es ist traumhaft hier. Wie ein Traum.
Es wäre sehr schön an diesem traumhaften Ort auch Denno dabei zu haben. Amaya! Ermahne ich mich. Vergiss es, es ist nur ein Traum!
„Es ist so schön hier. Ich würde am liebsten hier mein Leben verbringen", schwärmt Nala neben mir auf der Liege mit geschlossenen Augen.
„Ohne José?", frage ich sie belustigt.
Sie lacht.
„Du hast es gut Amaya, du kannst dir einen Urlaubsflirt erlauben, ich nicht. Ich schaue dir zu, so wie du immer José und mir zu schaust."
Lachend stoßen wir unsere Cocktails an. Nach langem diskutieren wie wir die nächsten zwei Wochen verbringen, was wir erkunden wollen, setzten sich zwei hübsche junge Männer, jeweils an Nalas und meiner Liege, zu uns.
„Hey, ich bin Fernandez", stellt sich der eine vor.
„Und ich bin Miguel, auch Miggi genannt. Wir sind Brüder, also Zwillinge wie man sieht, und arbeiten hier als Animateure für Kinder.",
„Schön für euch, wir sind aber keine Kinder.", fährt Nala ihn gefährlich an. Ich

verschlucke mich, doch den beiden Männern schreckt es nicht ab. Ganz im Gegenteil, dieser Miggi, wie er sich nennt, fährt unbekümmert fort. Er muss wohl von anderen hübschen Urlauberinnen schon des öfteren schief angemacht worden sein.

„An Abende organisieren wir ab und zu etwas für Jugendliche und Erwachsene. Wir haben euch die Tage vorher noch nicht gesehen, ihr müsst wohl heute angekommen sein. Gefällt es euch hier?". Sie sehen sich beide zum verwechseln ähnlich. Miggi versucht mit Nala Augenkontakt aufzunehmen, doch sie denkt nicht mal daran und gibt ihm einen warnenden Blick, dass er es nicht mal wagen soll. Wie jeder andere, der es mit Nala versucht hat, gibt er sofort auf. Er muss es ja schon kennen.

„Ihr seht wunderschön aus, aus welchem Land kommt ihr?", fragt Fernandez.

„Aus Deutschland", antworte ich kurz und knapp, da Nala nicht mehr anzusprechen ist.

„Echt? Cool. Ich habe auch damals in Deutschland in einem Hotel in Berlin gearbeitet. Es war sehr schön. Seid ihr auch aus Berlin? Wir haben hier viele Deutsche Touristen, die meisten sind aus Berlin oder Hamburg."

„Nein, wir sind aus Düsseldorf", antworte ich ihm

„Ich bin müde. Kommst du?".

Es ist sicherlich keine Frage von Nala, sondern ein Befehl. Schnell trinke ich meinen Cocktail aus und dackle ihr hinter her. Nochmal wendet sich Nala zu Miggi und schaut ihn warnend an.

„Wäre ich Single, hätte ich sehr gerne mit ihm geflirtet. Er sieht heiß aus.", schwärmt Nala neben mir im Aufzug. Doch ich träume vor mich hin. Ständig erwarte ich, dass Denno kommt, ich weiß auch nicht wieso. Ich wünsche mir es so sehr, dass er plötzlich aus irgendeiner Ecke raus springt und mich überrascht.
Im Zimmer angekommen, machen wir uns Bett fertig. Als ich aus dem Bad komme sitzt Nala vor dem Fernseher. Sie bemerkt mich und erwähnt noch mal extra Laut die Jungs von vor hin. Ich weiß wo Nala hinaus möchte, ich soll meinen Spaß haben.

„Gute Nacht", rufe ich ihr aus meinem Bett zu und lege mich hin.
Eine Decke brauche ich nicht, es ist trotz Klima sehr heiß.
Am nächsten Morgen wache ich auf und brauche erst mal eine Weile um aus dem Bett zu kommen. Als ich auf stehe dreht sich alles, da ich solch einer Hitze nicht gewöhnt bin und mein Kreislauf überfordert ist. Ich muss daran denken viel mehr Wasser zu trinken.

„Wo warst du?", frage ich Nala die im Top-Zustand in die Suit eintritt. „Ich habe schon mal

zwei Liegen für uns bedeckt, damit wir auch welche haben, wenn wir später zum Pool sollten. Danach habe ich gejoggt und ein wenig im Fitnessraum trainiert. Solltest du auch mal machen, Schlafmütze. Komm lass uns frühstücken, ich habe einen Mords Hunger."
Schnell gehe ich ins Bad und mache mich fertig. Unter meinem türkisfarbenen Strandkleid ziehe ich meinen Bikini an und binde mir die Haare zu einem einfachen Dutt.
Nachdem Frühstück, spazieren wir erst einmal durch das ganze Hotel, um zu wissen wo was ist und was es alles gibt. Anschließend schwimmen wir einige Bahnen im Pool. Ich liege mehr am Beckenrand, höre Musik oder lese ein Buch, da ich versuche meine, fast weiße, Haut etwas zu bräunen. Als sich ein Schatten vor mich stellt, nehme ich die Brille ab und schaue hoch. Es ist Fernandez.

„Hey, geht es euch gut? Fehlt euch was?",
„Nein, alles bestens, danke",
„Wir haben morgen Abend eine Strandparty, hättest du und deine Freundin Lust teilzunehmen?"
„Wieso nicht. Mal schauen was Nala davon hält". Mit dem Satz möchte ich das Gespräch beenden und weiter lesen, vergeblich.
„Ich würde mich wirklich sehr freuen dich dort zu sehen. Wir könnten zusammen was

trinken und tanzen",

„Wie gesagt ich bespreche es mit meiner Freundin". Jetzt gibt er endlich auf. Er nickt noch mal freundlich und geht.

„Was wollte er?", fragt mich Nala die das Gespräch zwischen mir und ihm beobachtet hat und schaut ihm auf den Po.

„Er hat uns zu einer Strandparty eingeladen, die morgen Abend stattfindet", antworte ich ihr uninteressiert und setze meine Sonnenbrille auf. Ohne ein Wort zu sagen legt sie sich auch neben mich hin. Gefühlte Stunden vergehen, ich merke es erst als meine Haut anfängt fürchterlich zu brenne. Ich ziehe mir mein Strandkleid über und wecke Nala auf, die anscheinend nichts von der Sonne zu spüren bekommt.

Wir gehen gemeinsam ins Restaurant um Mittag zu essen, anschließend wieder zum Pool. Am Abend gehen wir schick zum Abendessen, dann auch wieder in die Suit. Wir wollen ganz unter uns sein, also rufen wir Millionen mal die Rezeption an und lassen uns alles ins Zimmer bringen. Wenn Nala und ich alleine sind sind wir wie wilde Kerle, wir essen, als hätte man uns keine Manieren bei gebracht.

„Auf uns!", brüllt Nala, nach unserem sechsten Shot Tequila. Ich versuche mit ihr an zustoßen, doch treffe ich nicht. Nala kippt sich den Shot runter und schmeißt sich auf mich drauf.

Und schon wieder purzeln wir auf dem Boden herum. Jemand klopft an der Tür, wir schrecken zusammen und fangen dann laut an zu lachen als wir merken was es ist. Beschwipst gehe ich zur Tür und mache auf. Ich sehe nicht klar, doch ich erkenne, dass es ein dunkler Mann ist der sich am beschweren ist. Anstatt seine Beschwerde ernst zu nehmen und sich zu entschuldigen ruft Nala ihn rein und bietet ihm einen Shot an, während ich mich vor lachen nicht mehr einkriege. Erst einmal steht der Mann regungslos da, bis er sich von Nala überreden lässt. Weiter lachend knalle ich die Tür zu. Nala und der Mann philosophieren von der Welt und ich lache die beiden weiter aus.

„Du hast so schöne...Lippen, darf ich die einmal... anfassen?", fragt der Mann nach einer leeren Flasche Whiskey,

„Okay", sagt Nala und streckt ihm einen Kussmund zu. Er tippt mit seinem Finger kurz auf ihre Unterlippe.

„Darf ich die auch einmal berühren?", fragt er nachdem er sie kurz angetippt hat. Nala schaut ihn verwirrt an, doch eine Antwort kann sie ihm nicht mehr geben, da seine Lippen auf ihre liegen. Ich sitze nur daneben und lache sie aus. Als sie sich voneinander lösen fangen auch sie an zu lachen.

„Das reicht jetzt. Ich habe einen Freund. Das was gerade passiert ist bleibt in diesem

Zimmer", bringt Nala mit aller Kraft aus ihr raus und hebt den Zeigefinger. Wieder fängt sie an zu lachen.
Der Mann kommt zu mir und legt den Arm um mich als Nala ins Bad geht. Er streichelt mir über die Beine, wodurch sich eine Gänsehaut bei mir bildet. Und für einen Moment glaube ich es ist Denno. Meine Gedanken sind so sehr benebelt, dass ich gerade sogar das Gefühl habe, er ist es tatsächlich neben mir.

„Du bist wunderschön", höre ich wie Denno zu mir sagt und spüre einen Kuss an meiner Schulter. Ich wende mich zu ihm und lächele schwach. Er kommt mir näher, als ich meine Hand an seine Wange lege. Wie lange ich auf diesen Kuss gewartet habe. Es ist wieder alles wie vor einigen Wochen, als ich bei ihm im Himmel war. Ich spüre alles, jede Berührung. Geschickt und fordernd legt sich Denno auf mich drauf und küsst mich weiter. Immer wieder küsst er mich am Hals, gleitet zu meinem Dekolleté und wieder hoch zu meinen Lippen. Ich lasse ihn mich küssen, denn die letzten Wochen habe ich sehnsüchtig darauf gewartet, immer wieder seufze ich zufrieden auf. Nach etlichen Stunden schlafe ich zufrieden, mit einem Lächeln, in seinen beschützenden Armen ein.

„Amaya", höre ich jemanden an meinem Ohren flüstern. Mühevoll versuche ich meine

Augen zu öffnen und mich aufzurichten. Mein Kopf brummt so unglaublich laut und überlege schon wie viele Kaffees ich trinken muss, um das Brummen in meinem Kopf los zu werden. Doch als ich Nalas erschrockenes Gesicht auf der reichten Seite und auf der linken Seite einen wild fremden Mann sehe, kriege ich nur schwer Luft.
Nala und ich tragen den Mann, mit aller Kraft, raus vor die Tür. Als dies getan ist renne ich ins Bad, schließe ab und lasse mich kraftlos zu Boden fallen. Meine Tränen tropfen auf den weißen Boden.
„Amaya, mach dir Türe bitte auf", klopft flehend Nala an der Tür, doch ich schluchze laut vor mich hin. So vergehen Stunden. Irgendwann werde ich müde vom ganzen Weinen und meine Augenlider fallen gegen meinen Willen zu.

Ich wache auf und möchte auf stehen, doch ich merke ich liege in Dennos Armen, deshalb kuschel ich mich lieber an ihn ran und schließe wieder meine Augen. Er hat gemerkt, dass ich wach bin, er gibt mir einen Kuss auf die Wange und lässt mich los. Ich gehe ins Bad um mich frisch zu machen. Ich wünschte ich hätte länger im Bad gebraucht oder es würde sich genau jetzt ein Loch unter meinen Füßen bilden worin ich verschwinde. Mir zerreißt das Herz in Millionen Stücken.
„Denno?", kommt schwach mit einer

bebenden Stimme aus mir raus. Denno liegt mit einer wunderschönen Frau, die wie ein Engel aussieht, im Bett und küssen sich halbnackt. Beide unterbrechen sich zu küssen und schauen mich blitzartig an. Wenn ich noch weiter im Zimmer stehe und dieses Bild vor meinen Augen habe, werde ich zusammen brechen, deshalb beschließe ich weg zu laufen.
Auch wenn ich nicht weiß wohin. Dennos Rufe nach mir sorgen letztlich dafür zusammen zu brechen. Heiße Tränen fließen ununterbrochen meinen Wangen entlang, doch ich laufe weiter. Ich möchte solche Schmerzen nie wieder zu spüren bekommen. Es war das erste mal, dass ich mich verliebt habe, mein erster Kuss, dass erste mal, dass mir jemand sagt mich zu lieben. Und dann das!
Plötzlich spüre ich einen festen Druck an meinen Armen und werde um gewirbelt, so dass ich widerwillig in Dennos Augen schaue und mein Herz wieder schmerzt. Diese Schmerzen wünsche ich niemandem auf der Welt.

„Was ist dein Problem?", fragt mich Denno laut, worin man merkt er ist sehr sauer. Aber welchen Grund hat er sauer zu sein, er ist doch schließlich derjenige der mit einer anderen, in unserem Schlafzimmer, im Bett küssend gelegen hat.

„Was mein Problem ist? Ist das dein Ernst,

dass du mich das jetzt fragst? Weißt du eigentlich was du eben getan hast? Du hast eine andere Frau geküsst und das in unserem Bett!", schreie ich ihn gnadenlos an.

„Ja und?",

„Wie ja und? Das kann man schon als Fremdgehen bezeichnen. Ich hatte zwar zuvor nie eine Beziehung, geschweige einen Kuss oder so etwas in der Art, aber ich weiß sehr genau, wenn man in einer Beziehung ist, man so etwas nicht macht",

„Ach wirklich? Und wieso hast du dann jemand anderes geküsst?" Sprachlos und verwirrt gucke ich ihn an und frage ihn vorsichtig was er meine.

„Amaya, du hast so viel getrunken, dass du nicht mal gemerkt hast wie du einen anderen geküsst hast. Ich habe alles gesehen, denkst du das hat mich nicht verletzt? Schon beim letzten Mal habe ich dich drauf hingewiesen auf dich aufzupassen."

Das ist also meine Strafe gewesen? Verzweifelt lasse ich mich zu Boden fallen und halte mir die Hände an den Kopf. Lange bin ich in dieser Position um mich zu beruhigen und einen klaren Kopf zu kriegen. Nach gefühlten Stunden schaffe ich es auch, setze mich aufrecht hin, um mich bei Denno zu entschuldigen, doch er ist nicht mehr da. Ich lege mich auf den Boden und schaue in den Himmel. Lange wirbeln Dennos Worte in meinem Kopf, die Stimme meiner Eltern ist wieder da und Nalas verzweifelte Rufe nach mir höre ich auch. Ich bringe einen lauten Fluch aus mir.

Ich öffne meine Augen und stöhne beim Aufstehen laut auf. Ich habe auf dem kalten harten Boden im Badezimmer geschlafen. Nalas Rufe ignoriere ich erst einmal, denn ich muss zu mir kommen und meine Gedanken sortieren. Unter der kalten Dusche denke ich noch lange nach, was genau Denno will. Er ist nur ein Traum, eigentlich sollte ich mich nicht darein steigern. Aber beim vielen Nachdenken ist mir aufgefallen, dass ich nur von ihm träume, wenn ich etwas mache, was in seinen Augen nicht richtig ist. Das ist mir schon mal aufgefallen. Ich teste es und das heute Abend.
Gestern hatte Fernandez Nala und mich zu einer Strandparty eingeladen. Ich werde ein wenig unerzogen sein und schauen, was mich im Traum, dann erwartet.

    „Nala, es tut mir leid. Ich bin ein geschlafen. Nachdem ich auf gewacht bin hat mein Kopf so fürchterlich weh getan, da wollte ich erst einmal unter die Dusche um wieder klar denken zu können und es mit... na ja du weißt schon... diesem Mann... zu vergessen", versuche ich Nala zu beruhigen. Sie nickt mir verständnisvoll zu und umarmt mich.

Den Tag haben wir heute außerhalb des Hotels verbracht und haben uns die beliebtesten Sehenswürdigkeiten in Buenos Aires angeschaut, wie zum Beispiel, die Kirche Basíca del Santísimo Sacramento, Paseo del Rosedal und vieles vieles mehr. Es hat geholfen, mich von letzter Nacht abzulenken.

Erschöpft und müde begeben wir uns in unsere Suit und machen uns schon super schick für die Strandparty, die nach dem Abendessen beginnt. Nala zieht sich ein goldenes kurzes Paillettenkleid an und betont ihre Augen auch mit einem Gold. Ich ziehe ein enges und knappes dunkelgrünes sexy Bandeaukleid an. Heute Nacht provoziere ich Denno! Sieges sicher betone ich meine Augen und schminke mich so, dass man mir nicht widerstehen kann.

Am Strand angekommen hole ich mir auch schon einige Drinks, da ich nüchtern zu schüchtern bin und lasse es mir gut gehen. Ich tanze als gäbe es keinen Morgen, flirte mit jedem der mich anspricht. Mit Fernandez habe ich mehrmals getanzt und geküsst. Das lustige an allem ist, dass ich es will, ohne ein schlechtes Gewissen.

„Du enttäuschst mich", lasse ich mir am nächsten Morgen vor dem Spiegel im Badezimmer, während ich mein Gesicht wasche,

noch mal durch den Kopf gehen. Ich hab es geschafft. Ich habe letzte Nacht wieder von Denno geträumt und meine Theorie hat sich bestätigt. Ich weiß, dass es nicht gut ist was ich auf der Party getan habe, aber ich wollte so unbedingt wissen, ob meine Theorie stimmt.
Was in Argentinien passiert ist bleibt in Argentinien.
Die nächsten Tage vergehen wie im Flug. Drei Tage vor dem Rückflug haben Nala und ich uns einen Trip an die Grenze von Brasilien erlaubt, dort gibt es die Iguazú Wasserfälle. An dem unglaublich zauberhaften Ort habe ich beschlossen etwas zu ändern.
Ich sollte Denno nicht weiter enttäuschen, spricht eine Stimme in mir und ermahne diese sofort, es ist nur ein Traum ist. Nach langem Überlegen ernenne ich mich selbst zum Grund, weshalb ich Denno nicht mehr enttäuschen möchte. Ich möchte, dass es mir besser geht. Ich möchte kein unechtes Lachen mehr mit mir tragen. Ein echtes Lachen, welches ich auch immer in Dennos Nähe habe. An dem Tag und dem wundervollen Ort habe ich mir ein neues Lebensziel gesetzt. Ich werde mehr auf mich achten. Ich werde glücklich sein. Nie wieder möchte ich aus Frust, weil das Schicksal will dass ich alleine bin, mir selber Schaden.
So sitzen Nala und ich auch schon wieder im

Flugzeug und freuen uns auf zu Hause. Ich weiß, dass Nala ihre Mutter und José wieder sehen wird und auf mich wartet niemand. Es ist okay, ich muss es endlich akzeptieren und damit leben. Nie wieder möchte ich unglücklich sein, weil ich alleine bin.

Wenn du einen Traum hast, musst du ihn beschützen.
-Chris Gardner in Das Streben nach Glück

5

Als wir aus dem Flugzeug aussteigen, atme ich die kühle frische Luft tief ein, bevor wir uns zu den Koffern begeben. Gut dass ich mir eine Strickjacke, über meine knappen Sommerklamotten angezogen habe, denn in Deutschland wird es allmählich kalt.
Solange wir auf unsere Koffer warten bereite ich mich auf mein neues Leben vor, wenn man es so nennen kann. Ständig denke ich daran und überlege was ich tun soll, was überhaupt falsch ist. Auf jeden Fall sollte ich, Denno vergessen, auch wenn ich ihn vermissen werde. Es gibt ihn nicht, er ist nur eine Fantasie in meinem Kopf, den ich in der Nacht auslebe. Vielleicht sollte ich mal Luis in den Vordergrund ziehen. Was kann ich noch ändern? Soll ich einen weiteren Schritt wagen? Wenn ja, welchen? So viele Fragen, Pros und Kontras, oh je. Um darüber weiter nach zudenken habe ich jetzt keine Zeit, denn unsere Koffer sind da und wir gehen aus dem Flughafen raus. So vertreibe ich wieder meine negativen Gedanken. Es muss endlich aufhören!
José und Elisa sind gemeinsam gekommen um uns abzuholen, während die beiden Nala lange umarmend empfangen stehe ich daneben, wie fehl am Platz. Sie lösen sich von Nala und

umarmen mich, es ist aber nicht das Selbe wie bei Nala. Na ja, ich bin nicht die Tochter oder die feste Freundin. Außerdem habe ich es zu akzeptieren alleine zu sein, so ist nun mal mein Schicksal.
Im Auto, unterwegs nach Hause erzählt Nala aufgeregt alles was wir gesehen und unternommen haben, außer die Nacht, wo wir beide einen Blackout gehabt haben. Wir haben abgemacht niemals wieder darüber zu reden. Bis jetzt wird mir übel, wenn ich daran denke was ich da getan habe. Einfach nur widerlich! Es ist mir bis heute noch ein Rätsel wie es passiert ist, wie ich nur diesen, fast schwarzen, Mann mit Denno verwechselt habe. Wieso bin ich meinem Traum so verfallen?
Mir fällt wieder Denno ein, der enttäuscht von mir ist und muss siegreich vor mich hin grinsen, als ich an meinen letzten Traum denke. Er hat vor mir gestanden und weinte, er schrie mich an wieso ich es ihm angetan habe, doch ich habe nur hart aufgelacht. Und das hat ihm zum Schweigen gebracht. Ohne eine einzige Emotion im Gesicht hat er mich lange angeschaut.

„Du hast mit meinem Herz gespielt", sagt er mir.
Ja, das habe ich und es tut mir unendlich leid, doch anders geht es nicht. Aufgrund, dass ich mich nur noch auf ihn konzentriere, obwohl er

nicht echt ist, bin ich gezwungen gewesen. Es geht nicht, dass ich abhängig von ihm bin, nur durch ihn glücklich sein kann. Dabei hätte er eigentlich wissen müssen was ich vor habe, er kennt doch meine Gedanken, bevor ich sie kenne, oder nicht? Beinahe entweiche ich meinem fest entschlossenen Ziel, während ich an Denno denke, denn ich vermisse ihn. Meine Sehnsucht nach unserer gemeinsamen Zeit in meinen Träumen ist unerträglich, dass es schon mein Herz schmerzen lässt und das wortwörtlich. Zwar tut es mir weh Denno, dass letzte Mal so in Erinnerung zu haben, aber es ist besser so. Glaube ich...
Zu Hause angekommen legen, Nala und ich, uns erst einmal hin. Irgendwann als wir wieder die Kraft haben auf zustehen, räumen wir unsere Koffer aus. Am Abend sind wir zu ihrer Mutter eingeladen, um Abend zu essen, José und Luis werden auch kommen. Gott sei Dank, hat Elisa es vorgeschlagen, denn wir wären viel zu faul noch zu kochen, nach dem langen Flug. Egal wie hungrig wir sind. Viel zu oft erwähnt Nala Luis, dass ich das erste Mal in Erwägung bringe ihm vielleicht doch eine Chance zu geben, wie immer das alles aussehen mag. Ich muss zwar nicht viel machen, denn er wartet auf mich, aber empfinde ich etwas für ihn? Bin ich dann mit ihm zusammen, wenn ich auf seine Einladung zum Essen eingehe? Vielleicht ist es ein Teil meines

neues Lebens. Ich versuche es! Gelegentlich denke ich, während ich mich anziehe und schminke, wie ich mit Luis vorgehen soll. Mittlerweile sitze ich vor Luis und habe mir umsonst denn Kopf zerbrochen, wie ich vorgehen soll, denn er kämpft um meine Aufmerksamkeit so sehr, dass es schon Elisa auffällt. Mehrmals hat sie nachgefragt, ob was zwischen uns läuft. Nein? Ja? Vielleicht? Diese Frage von Elisa bringt mich zum Grübeln.

Wir essen gemeinsam, trinken Wein und unterhalten uns.

„Morgen wieder arbeiten", jammert Nala an Josés Schulter.

Somit ist meine gute Laune, bei dem Wort 'Arbeiten', sofort verschwunden. So sehr ich auch meine Arbeit liebe habe ich irgendwie keine Lust morgen früh aufzustehen und in der Kälte, die mittlerweile herrscht, überhaupt aus dem Haus zu gehen. Als hätte Luis meine Gedanken gehört fragt er, ob er mich morgen abholen soll. Verwirrt bejahe ich. So einfach ist es also, schmunzelt eine innere Stimme. Noch viele Stunden verbringen wir in Elisas Wohnung. Luis legt irgendwann mal seinen Arm um meine Schulter. Ich werde nervös. Nachdem der Film zu Ende ist, den wir uns unbewusst gemeinsam angeschaut haben, merke ich wie ich mich bei Luis ein gekuschelt habe. Auf dem nach Hause weg bin ich bei Luis

eingestiegen. Nala und José sind alleine schon vorgefahren, da Nala heute bei José bleibt. Vor meiner und Nalas Wohnung angekommen, möchte ich mich bei Luis bedanken und verabschieden, doch er ist schneller.
„Darf ich mit hoch kommen?", es ist sicherlich keine Frage von ihn, sondern eine Bitte voller Lust.
Obwohl ich mir unsicher bin, erlaube ich ihm bei mir zu bleiben.
Bett fertig und eigentlich total müde lege ich mich zu Luis in mein Bett, der nur mit einer Boxershort da liegt, da er keine Schlafsachen dabei hat und meine Pyjamas passen ihm ganz sicher nicht, so groß wie er ist. Er zieht mich zu sich und hält mich fest in seinen Armen. Es fühlt sich gut an. Ich ziehe seinen atemberaubenden männlichen Duft tief ein. Ist das Geborgenheit? Mit dieser Frage schlafe ich in Luis Armen gemütlich ein.
Am nächsten Morgen wache ich durch Luis Küssen auf. Ich drehe mich mit einem Lächeln zu ihm, der mich schon sehnsüchtig in seine Arme nimmt. Wir küssen uns vorsichtig, immer wieder knabbert er mir an der Lippe. Kurz bevor wir unsere Zungen vereinen will, durchfährt mich ein Gedanke, wie Denno und ich uns küssen. Ruckartig und abrupt löse ich denn Kuss.
„Alles okay?", fragt Luis,
„Sorry", lächle ich ihn unschuldig an und

suche nach seinen Lippen.
Plötzlich geht er unter die Decke und merke wie er mir die Hose abstreift, was mich kurz erfrieren lässt. Bin ich denn bereit? Wir haben uns gerade erst das erste Mal geküsst. Keine Zeit für den Gedanken, denn Luis liebkost mich. Gegen meinen Willen entfährt mir immer wieder ein zufriedenes Stöhnen auf. Es ist ein ganz neues Gefühl, ich will mehr davon! Er hört auf, was kommt jetzt? Schwer atmend liege ich da und suche nach Befreiung. Luis taucht von unter der Decke auf und legt sich auf mich drauf. Ich spüre seine nackte Haut auf mir. Um nervös zu sein bin ich viel zu benebelt von den neuen Gefühlen. Ich versuche so zu tun als kenne ich mich aus, dabei habe ich keine Ahnung. Mit geschlossenen Augen versuche ich es einfach zu genießen. Ich spüre wie er in mir eindringt und ich das Gefühl habe zu zerreißen. Meine Augen öffne ich nicht, denn ich habe Angst. Die Küsse von Luis an meinem Hals nehmen mir die Angst. Ich bewege mich in seinem Rhythmus mit. Er bewegt sich lange in mir, auch nachdem er gekommen ist bewegt er sich weiter. Erschöpft legt Luis sich neben mich, nachdem er mir noch einen Kuss auf die Stirn gibt.
Soeben hatte ich mein erstes Mal mit Luis. Egal wie verrückt die ganze Situation auch ist, ich habe mich wohl gefühlt. Es ist ein schönes Gefühl. Mit

Glücksgefühlen kuschel ich mich an Luis, was er annimmt und mich fest in seine Arme zieht.

Die Post, die für mich ist, stecke ich ohne darauf zu schauen in meine Tasche, denn ich bin spät dran. Luis wartet schon unten in seinem Auto auf mich. Unterwegs gehe ich meine Briefe durch, dass meiste ist wie immer Werbung oder Rechnungen. Zwei Briefe sind allerdings neu. Den einen öffne ich und lese ihn mir aufmerksam durch. Es ist vom Wettbewerb, an dem ich vor einigen Wochen teilgenommen habe, leider wurde ich nicht angenommen, was mir aber schon klar war. Den anderen Brief öffne ich nicht. Meine Laune ist bei Null!
Bei der Schneiderin angekommen verabschiede ich mich von Luis mit einem Kuss und trete in den Laden.

„Ah, Amaya ich wusste du wirst angenommen!", empfängt sie mich, meine Chefin Frau Viola.

„Was wurde ich?", frage ich sie irritiert.

„Nicht? Hast du keinen Brief von einem Wettbewerb bekommen?"

„Ähm... doch habe ich... Leider wurde ich nicht angenommen. Woher wissen Sie davon?",

„Ich habe beim Aufräumen letzte Woche einige Zeichnungen von dir gefunden und... Amaya, du hast so ein Talent! Ich war der festen

Überzeugung, dass man dir nicht widerstehen kann. Es tut mir so leid", gibt sie traurig zu. Keine Ahnung wovon sie redet und woher sie von meiner Teilnahme an dem Wettbewerb weiß. Da fällt mir der ungeöffnete Brief wieder ein.

„Oh mein Gott!", schreie ich aufgebracht und krame in meiner Tasche. Ungeduldig und mit zittrigen Händen zerreiße ich den Brief. Jetzt ist meine Chefin irritiert.

„Ja!", brülle ich freudig Frau Viola zu, nachdem ich den Brief gelesen habe und falle meiner kleinen süßen Chefin in die Arme.
Endlich kann ich jetzt einen Schritt weiter wagen. Mein Leben ändert sich, es wird von Minute zu Minute immer besser!
Der Urlaub in Argentinien hat mir richtig gut getan, denn bis jetzt läuft alles super, seit ich wieder zurück bin. Ich bin glücklich. Meine Chefin ist so ein Schatz, dank ihr wurde ich bei einem Wettbewerb angenommen, wo ich mein Können der ganzen Welt präsentieren werde. Das neue Leben ist so schön, ich arbeite daran, dass es für immer so bleibt.
Nach Feierabend setzte ich mich gemeinsam mit meiner Chefin vor dem Laptop und sie informiert mich über den Wettbewerb. Ich fülle den Zettel aus der beim Brief dabei liegt und krame mir mehrere Zeichnungen von mir aus meiner Tasche raus. Nochmal bedanke ich mich bei meiner

Chefin und umarme sie lange, auch wenn es nicht ausreicht für das was sie für mich gemacht hat.
Als ich aus der Schneiderei raus gehe entdecke ich Luis an seinem Auto anlehnend mit einem Blumenstrauß stehen. Verlegen schlendere ich zu ihm, was ihm zu lange dauert, so zieht er mich ungeduldig in seine Arme und küsst meinen Hals entlang. Obwohl ich es genieße löse ich mich von ihm, um ihn zu Ärgern, nehme den Blumenstrauß und setzte mich ins Auto. Unterwegs erzähle ich ihm vom Wettbewerb und erwähne immer wieder, dass meine Chefin mich damit völlig überrascht hat. Er freut sich für mich und fährt mich selbstverständlich zur Post, damit ich den Brief abschicke, der frühzeitig ankommen muss.
Die nächsten Wochen verlaufen nicht anders. Jeden Abend, jede Nacht und jeden Morgen fallen Luis und ich auf einander und lieben uns. Ich kriege einfach nicht genug von meinem neuen Leben. Auch auf der Arbeit unterhalte ich mich mittlerweile mehr mit meinen Arbeitskollegen und bin viel offener geworden. Nala freut sich mich so strahlen zu sehen und hat sich schon dran gewöhnt, dass Luis morgens nur mit Jogginghose in der Küche steht, wenn er bei mir bleibt.
Eines Morgens öffne ich meinen Briefkasten und laufe kreischend durch die Wohnung.
Ich bin nach New York zu einer Vorstellung des Wettbewerbs eingeladen. Nur die besten dreißig

Zeichnungen bzw Teilnehmer wurden raus gesucht. Die Jury, die alles beurteilt und am Ende auch entscheidet wer den Wettbewerb gewinnt, will die Designer alle persönlich kennen lernen und ich bin eine von 29 weiteren Teilnehmer. Mein Glück kann man gar nicht mehr in Worten fassen. Auch Nala kreischt einmal durch die Wohnung als ich sie eingeweiht habe. In fünf Tagen müsste ich in New York sein, dass heißt, hopp hopp, Flug und Hotel buchen.
Mein Glück kann man gar nicht mehr in Worten fassen, noch nie war ich so lebendig.

Hattest du schon mal einen Traum, Neo, der dir vollkommen real erschien? Was wäre, wenn du aus diesem Traum nicht mehr aufwachst. Woher würdest du wissen, was Traum ist und was Realität?
-Morpheus in Matrix

6

„Und was mache ich so lange ohne dich?", diese Worte treffen mich mitten in mein Herz, dass ich mit einem Schlag meine Freude vergesse. Nala hat Recht. Was ist dann mit ihr oder mit Luis, wie läuft es dann weiter? Wo alles besser wird muss ich los lassen? Ich bin glücklich mit Luis. Seine Berührungen fühlen sich gut an. Nala, Elisa und José sind immer für mich da. Wie soll ich ohne sie in New York auskommen? Alle Bilder von den letzten glücklichen Tagen schwirren mir durch den Kopf. Muss ich mich jetzt für oder gegen entscheiden? Kann ich nicht alles behalten? Oh je, was mache ich jetzt nur?

„Ich glaube nicht dass ich gewinne, von daher mach dir keine Sorgen", gebe ich Nala mein Wort und umarme sie lange.

Die nächsten Tage hilft mir Nala ein Hotel zu finden. Eine Wohnung lohnt sich nicht, da ich gar nicht weiß was mich erwartet und wie lange ich in New York bleiben werde. Niemand außer Nala weiß davon, auch Luis nicht. Nala erwähnt ständig, dass wir gemeinsam mit José und Luis ausgehen sollten als kleiner Abschied, doch ich will nicht. Ich habe den Glauben nicht, dass ich lange weg sein werde. Das ist der Grund weshalb ich es für unwichtig halte Luis davon zu erzählen.

Ich werde schneller wieder da sein als ich weg bin.
Einen Abend vor Abflug treffe ich Luis. Nala hat es für falsch empfunden Luis es zu verschweigen. Er ist sehr sauer und springt seit gefühlten Stunden wie ein Tiger hin und her. Währenddessen versuche ich ihn zu beruhigen. Himmel sei Dank, kriegt er sich ein als ich sein Gesicht in meine beiden Händen nehme und ihn küsse. Er umschlingt seine Arme fest um mich. Wir lösen den Kuss er schaut mir in die Augen

„Viel Erfolg! Ich werde dich besuchen kommen.", verspricht er mir. So ein Schwachsinn, ich möchte da nicht bleiben, erst Recht nicht wo ich jetzt mein Glück in Luis Liebe gefunden habe. Echt verrückt, meine Meinung zu ändern, wo ich doch endlich die Chance habe einen meiner Träume auszuleben.
Mitten in der Nacht wache ich auf. Mein Taxi kommt in einer Stunde, so mache ich mich im Bad frisch und schminke mich leicht. Meine Koffer habe ich noch vor dem Schlafen gehen gepackt. Nala kommt verschlafen und mit Tränen in den Augen zu mir, was ich selbstverständlich annehme. Ich lache sie aus als sie ihr erstes Schluchzen laut los lässt, um von meiner eigenen Traurigkeit abzulenken.

„Mein Schatz, ich bleibe nicht lange weg, wirklich.", beruhige ich sie, doch sie hört nicht auf. Lange stehen wir umarmend und weinend im Flur, immer wieder versuche ich zu lachen, doch es bringt nichts. Die Trennung fällt uns beiden viel zu schwer. Als ich aus der Wohnung gehe stehen, statt dem Taxi, Elisa, José und Luis vor der Tür.

„Du fehlst mir jetzt schon", wimmert Nala neben mir. Mit Tränen in den Augen umarme ich jeden einzelnen von ihnen, Nala am längsten. Luis hält während der ganzen Fahrt meine Hand und küsst diese immer wieder.

Am Flughafen angekommen drücke ich noch mal alle ganz fest. Sie alle sind fest entschlossen, dass ich es sehr weit schaffe, daher tut ihnen diese Trennung weh, aber ich glaube nicht daran, deshalb lache ich sie alle nur aus, auch wenn ich bei Elisas und Nalas Anblick ein oder zwei Tränen verliere. Luis schenkt mir einen langen intensiven Kuss. Ich erinnere mich noch an das letzte Mal am Flughafen als es nach Argentinien ging, da hatten Nala und José sich so geküsst gehabt. Da habe ich an Denno denken müssen und heute darf ich es spüren.

Denno. Ich träume gar nicht mehr von ihm und zugegeben habe ich ihn völlig vergessen.

Unterwegs zum Flugzeug muss ich über mich schmunzeln. Wie konnte ich einem Traum so verfallen sein?

Im Flugzeug allerdings bin ich in Tränen ausgebrochen, sie fehlen mir jetzt schon.

In New York folge ich, erschöpft, den Schildern zu dem Check-Out und anschließend zum Fließband, wo ich meine mehrere Koffer verzweifelt versuche zusammen zu richten. Ein Koffer ist so schwer, dass ich zu schauen muss wie dieser noch eine Runde auf dem Fließband dreht. Jemand anderes packt meinen Koffer mit einem Ruck und platziert den vor meinen Füßen. Ich schaue vom Koffer hoch zum Mann.
Er hat blondes Haar. Eisblaue Augen sehen mich belustigt an,
„Ist die Schönheit etwa alleine?", und mit dieser Frage hat das Staunen aufgehört. Ein schlechter Flirt Versuch. Mit einem nickenden Lächeln bedanke ich mich bei dem hübschen Mann und gehe aus dem Flughafen raus. Der Blick des Mannes verfolgt mich, ich spüre es, versuche es dennoch zu ignorieren. Mit dem Bus fahre ich eine halbe Stunde bis ich vor dem Hotel aussteige. In New York ist alles so hoch, dass mir bei dem Anblick ein wenig schwindelig wird. Benommen schlendere ich im Hotel herum, checke mich an der Rezeption ein, so ähnlich wie beim Ausflug nach Argentinien.
In meinem Zimmer mache ich mich erst mal breit und schlafe sofort ein. Der Flug mitten in der Nacht und die Fahrt vom Flughafen ins Hotel haben mich einen kompletten Tag schlafen lassen. Einen Abend bevor ich zur Vorstellung gehe,

mache ich mich auf den Weg um zu gucken wie ich am nächsten Morgen dahin komme. Kein Wunder das man New York, als die Stadt die niemals schläft bezeichnet. Alles ist lebendig, die Menschheit benimmt sich, in der Nacht so als sei es Samstag Nachmittag.

Am folgenden Morgen, wache ich früh auf, um noch ein bisschen zu Baden. Josés Schwester Anita hat mir vor dem Abflug noch meine Haarspitzen mit einen Pastellton-rosa getönt, was jetzt bei meinem selbst geschneiderten eleganten Outfit in weiß und passendem Make-up zur Geltung kommt. Weil ich mir zu viel Zeit gelassen habe meine Lippen mit einem grellen Pink zu betonen nehme ich doch ein Taxi und fahre zum Lincoln Center. Dort angekommen komme ich wieder nicht aus dem Staunen. Es ist viel schöner als im Fernseher.

Mit weichen Knien betrete ich den Raum, als ich aufgerufen werde, wo die Jury bereits schon sitzt. Ich stelle mich kurz vor, erzähle ihnen was ich beruflich mache und schaue, wie mit Nala geübt, einfach grade aus in die Leere. Sie sagen mir dass ihnen meine Zeichnungen gefallen, was mich kurz beruhigt, doch als ich die Zeichnungen der anderen Teilnehmer sehe wird mir ganz heiß, denn ich fühle mich bereits geschlagen. Die Zeichnungen, die bereits von den anderen Teilnehmer vorgestellt wurden sehen atemberaubend aus. Meine Zeichnung dagegen ist ein Witz! Schon male ich mir aus wie ich meine Sachen alle wieder einpacke und nach Deutschland fliege. Genau in dem Moment fällt mein Name in den großen Saal, ich bin am Wettbewerb offiziell dabei. Erst da blicke ich in die Gesichter der Jury. Ich gehe zur Jury um mich zu bedanken und sehe diese eisblauen Augen vor mir, die mich verführerisch anschauen. Irgendwoher kenne ich diese doch.

„Die Schönheit kenne ich doch", sagt der Mann, den ich bereits am Flughafen getroffen habe, belustigt, was ich mit einem verwirrten Lächeln zur Kenntnis nehme.

„Mein Name ist Ian Ower und freue mich dich dabei zu haben", zwinkert er mir zu. Er versucht doch nicht mit mir zu flirten? Ich nehme meinen Teilnehmer Brief und meine Rose. Völlig aus dem Häuschen bedanke ich mich noch bei Mrs. Blair und Mr. Edison, die zum Rest der Jury gehören.

Nala und Elisa kreischen laut am Telefon, als ich denen erzähle, dass ich offiziell dabei bin und es bald los geht. Für den nächsten Abend ist eine Art Kennen-Lern-Treffen organisiert worden. Vorher erkundige ich aber noch New York, da ich leider nicht weiß wie lange ich hier bleiben werde.

Ich besichtige das wichtigste wie die Freiheitsstatue, die ich nur aus Filmen kenne. Der

Blick auf das Empire State Building sorgt für Schwindel, genau so wie der Spaziergang auf der Times Square. Neben bei habe ich mir ein paar Souvenirs gekauft, auch für Elisa und Nala. Glücklich kaufe ich mir noch einen Karamell Frappuccino mit extra viel Sahne und gönne mir einen Spaziergang im Central Park. Ich lasse mich auf einer Bank mit meinen zig Tüten nieder und atme die frische, leicht kühle, Luft ein und aus. Wie geht es jetzt weiter? Wie lange bleibe ich hier? Wann hören all diese Fragen auf? Meine Gedanken spielen verrückt. Ist es nicht das was du wolltest, fragt mich meine innere Stimme genervt.

„Hey, du bist doch eine der Teilnehmerinnen von gestern!", spricht mich, neben mir, jemand an. Wieder blicke ich in diese eiskalt-blauen Augen. Es ist Ian Ower, der mir am Flughafen mit den Koffern geholfen hat und der ein Mitglied der Jury ist. Sag mal verfolgt der mich? Doch rege ich mich nicht über ihn auf. Ganz im Gegenteil, dank ihm haben die vielen Fragen, in meinem Gedanken, sich zurück gezogen.

„Oh, Mr. Ower. So ein Zufall", trällere ich ihm, mit einer gespielten Freude, entgegen.

„Kommen Sie auch heute Abend zum Kennenlernen?", ich bejahe. Wir reden noch eine Weile über den Wettbewerb. Es ist viel zu offensichtlich, dass er versucht mir näher zu

kommen und frage mich ob er mit jeder weiblichen Teilnehmerin so umgeht.
Als es anfängt zu dämmern fährt Ian mich zum Hotel und wartet in der Lobby auf mich bis ich mich fertig gemacht habe. Meine langen Haare habe ich zu vielen kleinen wilden Locken gemacht und trage ein bodenlanges schwarzes Abendkleid mit Ärmel, da wir gemeinsam, mit den anderen Jury-Mitglieder und Teilnehmer, in einem edlen Restaurant essen gehen.
„Wow, du siehst bezaubernd aus" stottert Ian begeistert vor sich hin. Ich hacke mich bei ihm ein, um mich aus dem Hotel raus begleiten zu lassen.
Im Restaurant angekommen kriege ich schon die ersten gehässigen Blicke der Teilnehmerinnen. Bevor ich mich hinsetzte bemerke ich, dass nur Frauen, außer Mr. Ower und Mr. Edison, am Tisch sitzen. So stelle ich mich schon auf ein zicken Krieg ein, einmal weil ich mit Mr. Ower gekommen bin und einmal weil nur Frauen da sind.
Ich setzte mich neben einer dunkelhäutigen jungen Frau die sich mir mit dem Namen Lovely vorstellt und auf meiner anderen Seite sitzt eine indische Schönheit, wie aus den Bollywood Filmen, die Sharin heißt. Wir drei fangen an zu quatschen und merken schnell, dass wir zusammen gehören. Ständig spüre ich wie Mr. Ower zu mir schaut, wenn ich dann zu ihm

schaue, bestätigt sich auch mein Gefühl.
„Läuft da was zwischen dir und Mr. Ower?",
fragt mich Lovely misstrauisch, so erzähle ich ihr
wie ich ihm begegnet bin.
„Er steht auf dich", grinst mich Sharin frech an.
„Er gehört zur Jury, der darf nichts mit mir anfangen", argumentiere ich den beiden,
„Außerdem habe ich einen Freund", füge ich noch hinzu.
Nachdem Abendessen kriegen wir alle noch ein kleines Dessert. Wir trinken anschließend noch leckeren Wein und unterhalten uns alle gemeinsam. Jeder hat sich wohl hier eine Wohnung gemietet, weil die fest überzeugt sind zu gewinnen, außer ich. Ich habe im Hotel, für eine längere Zeit, ein Zimmer gebucht. Lovely und Sharin wohnen zusammen, sie erzählen mir, dass ich bei denen einziehen kann, da noch ein Zimmer frei ist, was ich ohne zu überlegen annehme, jetzt wo es absolut feststeht, dass ich am Wettbewerb teilnehme. So stoßen wir drei an und erzählen uns alles mögliche aus unseren Leben. Und ich dachte ich werde alleine sein.

Ich öffne entspannt meine Augen und bin schockiert wo ich mich befinde. Ich liege in einer Badewanne gefüllt mit heißem Wasser. Der Raum ist, in hoffnungsvollen grün Tönen, völlig benebelt durch die Hitze. Neben mir liegt jemand doch ich erkenne nicht wer es ist. Ich gleite vorsichtig zur Seite und entdecke Dennos Gesicht. Ich schrecke zurück. Wie komme ich hier her? Plötzlich färbt sich das Wasser rot. Alles geht so schnell. Erschrocken schaue ich zu Denno und sehe wie Blut seinem Gesicht entlang fließt. Ich möchte schreien und weinen, doch kriege ich keinen Ton raus. Was passiert hier?

Verschwitzt wache ich auf und schnappe hektisch nach Luft. Ich schließe meine Augen fest zu und schmeiße meinen Kopf ins Kissen. Was war das für ein Traum? Lange starre ich zur Decke. Als ich mich beruhigt habe fällt mir etwas merkwürdiges auf. Nochmal hebe ich mich und beobachte wo ich bin. Ich liege in einem fremdem Bett. Ich schaue auf meine linken Seite und sehe Ian Owers zufriedenes schlafendes Gesicht. Panisch packe ich meine Sachen zusammen und laufe aus dem Haus raus. Da ich nicht weiß wo ich bin warte ich bis ein Taxi vorbei fährt und anhält. Nach einiger Zeit hält endlich mal ein Taxi an und nimmt mich mit.
Im warmen Auto kriege ich erst wieder Luft und beginne bitterlich an zu weinen. Wieso passiert mir ständig so etwas? Ich habe Denno wieder gesehen, den ich eigentlich vergessen habe. Jetzt ist er wieder in meinen Gedanken, allerdings tot.

Nach Denno fällt mir Luis ein. Ich bin ihm fremd gegangen, so etwas ist unverzeihlich. Ohne zu überlegen packe ich, im Hotel angekommen, das wichtigste in meinen Koffer ein und fahre zum Flughafen. Ich brauche Nala bei mir!

7

Sie öffnet verschlafen die Tür und als sie mich erkennt reißt sie ihre Augen, fassungslos, weit auf. Weinend falle ich ihr in die Arme. Wir gehen in mein Zimmer, nachdem ich eine Kleinigkeit gegessen habe und mich Bett fertig gemacht habe, und legen uns auf mein Bett. Nala hat bisher keinen Ton von sich gegeben. Auch wo wir nun liegen fragt sie nicht was los ist, sondern nimmt mich einfach nur in den Arm. Das schätze ich so sehr an Nala. Egal was passiert ist, sie nimmt mich in den Arm. „Alles wird gut", flüstert sie mir ins Ohr und drückt mich fest an sich.
Am Morgen wache ich durch Geräusche, die aus der Küche kommen, auf. Ich spüre, dass meine Augen vom Weinen total angeschwollen sind. In der Küche steht Nala und hat für uns Frühstück vorbereitet. Wir essen gemeinsam ohne nur ein Wort zu wechseln. Nala weiß ganz genau, dass ich ihr nichts erzählen werde, wenn ich mich nicht beruhigt habe, also beobachtet sie erst einmal die ganze Situation. Nach dem sie fertig gegessen hat, sieht man ihr an, dass sie ihre Geduld verliert. Sie unterbricht das Schweigen.

„Was ist passiert?", fragt sie vorsichtig. Lange schaue ich sie an und suche nach den richtigen Worten. Ich weiß nicht wie ich anfangen soll, wo ich anfangen soll.

„Ich hab etwas unverzeihliches getan", beginne ich. Einatmen und ausatmen. Ich muss es ihr erzählen, nur so befreie ich mein gequältes Herz. Nochmal, Augen zu, einatmen, ausatmen, Augen auf und los. Und so erzähle ich ihr meinen kompletten Aufenthalt in New York, vom Flughafen, wie ich Mr. Ower begegnet bin, bis dahin wie ich neben ihm aufgewacht bin. Nala verschluckt sich beim Kaffee trinken. Sie schaut mich bemitleidend an, aber das will ich doch gar nicht. Ich will keinen Mitleid, ich brauche einfach eine Schulter zum Ausweinen! Ich senke meinen Kopf.

„Kann mal passieren",

„Was?" Ich kann nicht glauben was sie sagt.

„Amaya. Ich meine ja, du bist fremdgegangen, aber, du wolltest es nicht und es bedeutet dir doch nichts was zwischen dir und diesem Mann passiert ist, oder doch?"

„Nein, auf keinen Fall, nur... ich weiß nicht wie ich jetzt Luis in die Augen schauen soll. Ich fühle mich schlecht",

„Kann ich mir vorstellen, aber was willst du jetzt daran ändern? Es ist passiert...",

„Was soll ich tun?",

„Am besten lenkst du dich von dem Thema ab, damit du es schneller vergisst als es passiert ist. Erzähl Luis davon erst einmal nichts. Du musst es selbst verarbeiten. Seit gestern bist du bleich wie eine Leiche. In dem Zustand kannst du nicht mit Luis darüber reden. Er wird denken es war mit Absicht und du würdest es wieder tun. Geh diesem Mann aus dem Weg und achte was du machst. Kenne deine Grenzen!", damit ist eindeutig der Alkohol gemeint. So schwer es mir auch fällt stimme ich ihr zu, denn sie hat Recht. Zur Ablenkung hat sie vorgeschlagen mit José und Luis in einem Hotel essen zu gehen und anschließend die Nacht dort zu verbringen, es würde helfen. Da ich keine andere Wahl habe stimme ich ihr nochmals zu. Wir sagen den Männern Bescheid, packen unsere Sachen und fahren anschließend zum Friseur, da Nala sich von ihren blonden Haaren verabschieden möchte und einen karamell- braun Ton Willkommen heißen möchte.

Am Abend werden wir von unseren Männern abgeholt die vom Staunen den Mund nicht mehr zu kriegen. Nala sieht total sexy und verführerisch aus, mit ihrer neuen Haarfarbe. Sie trägt ein schwarzes eng anliegendes langes Abendkleid und goldenen Schmuck. Ich habe mir die Haare einfach zu großen Locken machen lassen. Ich trage ein Crop-Top kombiniert mit einem Stift Rock in einem Flieder Ton. Also, etwas ganz einfaches. Meine edlen Looks habe ich in New York, ich habe nicht damit gerechnet, dass ich sie

in Deutschland brauchen werde.
Alle fragen mich wegen New York aus, vor allem Luis. Man sieht ihm die Freude an, dass ich urplötzlich ohne Ankündigung nach Deutschland zurück gekommen bin, er denkt ich bin für ihn gekommen, als Überraschung. Wenn er nur wüsste... Nala bemerkt, dass es mir unangenehm ist über meinen Aufenthalt in New York zu sprechen und schreitet so immer wieder ein. Wir essen gemeinsam, singen und stoßen mehrmals, aus Spaß, immer wieder an.

„Lass uns schlafen gehen", bittet Nala José, als Luis wieder versucht hat mich bezüglich New York auszufragen. So stehen wir gemeinsam auf und jeder begibt sich auf sein Zimmer. Luis trägt mich ins Zimmer, da meine Beine vom vielen Wein schlapp geworden sind. Ich kuschel mich bei ihm ein. Diese Wärme, dieser Duft... Ich habe es so vermisst. Vorsichtig legt er mich aufs Bett, lässt mich aber nicht los um sich einen Kuss zu stehlen. Ich zeige ihm wie sehr ich seine Nähe vermisst habe und ziehe ihn näher an mich, damit der Kuss intensiver wird. Am liebsten würde ich ihn in meinen Koffer einpacken und mit nach New York nehmen. Ich bin dort so allein.
In der Nacht stehe ich auf, um meine Blase zu leeren. Immer wenn ich Alkohol trinke bekomme ich das Gefühl auszutrocknen und trinke unbewusst sehr viel Wasser. Es ist allerdings

ungünstig in der Nacht alle paar Minuten aufstehen zu müssen, um aufs Klo zu rennen. Als es wieder so weit ist, dass ich aufstehen muss bemerke ich, dass Luis nicht da ist. Ich gehe zur Ausgangstür, um vor der Tür nachzuschauen wo er ist, da höre ich seine Stimme. Er redet mit jemanden vor der Tür, wahrscheinlich am Telefon, weil sonst keine andere Stimme zuhören ist.

„Ja, ich komme dich demnächst wieder besuchen... tut mir leid, dass ich mich nicht gemeldet habe, aber ich kann momentan nicht... Ich vermisse dich doch auch... Nächste Woche habe ich frei, da könnte ich vorbei kommen.", höre ich ihn belustigt sagen.
Das Gefühl, dass ich ersticke lässt mich los. Wen vermisst er? Und wen geht er besuchen? Ich möchte hier weg, ich hätte Nala nicht zustimmen sollen!
Während Luis noch draußen telefoniert google ich mit meinem Handy nach den nächsten Flug nach New York, bevor ich einen Nervenzusammenbruch erleide. Luis darf mich nicht weinen sehen, auch nicht das ich verletzt bin. Ich werde fündig und buche den Flug der in drei Stunden ist. Luis kommt wieder ins Zimmer, ich lege das Handy weg und tue so als würde ich schlafen. Er legt sich zu mir und gibt mir einen Kuss am Hals, der für eine Gänsehaut sorgt. Wie kann man glücklich und unglücklich in einem sein? Er geht mir fremd!

Und ich Dummkopf habe mir den Kopf zerbrochen wegen der Sache mit Ian. Ich fange an mich in Luis zu verlieben, doch für ihn hat es keine Bedeutung. Noch lange liege ich wach im Bett, bis ich Luis zufriedenes Schnarchen höre, dass mir bestätigt, dass er tief und fest schläft. Da stehe ich auf, packe meine Sachen und verlasse das Zimmer und das Hotel.

Unterwegs hält der Taxifahrer vor meiner Wohnung, wo ich die Koffer, die ich nicht mal ausgepackt habe, mit nehme. Die Fahrt geht anschließend weiter zum Flughafen und dann weg aus Deutschland. Weg von Luis, der mir das Herz zerbrochen hat.

Kaum bin in New York angekommen und habe mein Handy eingeschaltet ruft Nala an. Ich will nicht wissen wie ihre Reaktion gewesen ist als sie gemerkt hat, dass ich verschwunden bin. Das Erste und Zweite mal drücke ich sie weg, doch ich kenne Nala. Sie wird nicht aufhören anzurufen, bis sie ein Lebenszeichen von mir hört.

„Ja?" gehe ich ans Handy ran, mit einer gespielten glücklichen Stimme.

„Was ist los?", fragt sie mich, sie hat mich durch schaut. Sie durch schaut mich immer.

„Nala es ist egal. Luis und ich haben Schluss. Mein erstes Projekt beginnt bald, ich muss mich vorbereiten." und lege schnell auf, ehe sie noch was fragen kann. Auch Luis hat

mehrmals versucht mich zu erreichen. Was will er denn jetzt noch von mir? Soll er doch zu seiner anderen gehen! Lange sitze ich in meinem Hotelzimmer und weine. Doch ich muss stark bleiben!
Ich rufe Lovely an und sage ihr, dass ich bei ihr und Sharin sehr gerne einziehen möchte. So verfliegen die nächsten paar Tage, wegen dem Umzug und dem Einkauf neuer Möbel. Es hat mich am besten abgelenkt von dem ganzen Chaos der letzten Tagen.
An einem Nachmittag sitzen Lovely, Sharin und ich vor dem Fernseher und werden durch das Klingeln an der Tür gestört. Lovely ruft mich zur Tür, es sei für mich. Das muss ein Versehen sein, mich kennt doch niemand in New York. Doch kaum in der Tür angekommen fängt mein Herz wie wild an zu pochen und mir steigen die Tränen hoch. Sofort falle ich ihr in die Arme. Nala ist da. Nach der langen Umarmung führe ich sie in das kleine Reich von Sharin, Lovely und mittlerweile mir. Ich stelle Nala meine Mitbewohnerinnen vor und essen gemeinsam ein kleines Dessert, mit einer Tasse Kaffee, während sich Sharin, Lovely und Nala kennen lernen.
Irgendwann beschließen Nala und ich ein wenig spazieren zu gehen. Wir setzten uns auf eine Bank und beginnen zu reden. Mit Sharin und Lovely kann ich nicht über mein privates Leben

reden, dafür kenne ich sie nicht gut genug. Ich erzähle Nala wie ich Luis in der Nacht im Hotel beim Telefonieren erwischt habe und was er am Telefon alles gesagt hat. Sie ist so erschrocken und denkt das selbe wie ich. Und zwar, dass ich mir den Kopf zerrissen habe, weil ich ihm fremdgegangen bin, obwohl er es schon längst tut. Er will also nur mit mir flirten und keine ernsthafte Beziehung haben. Nun kann mich Nala verstehen wieso ich zurück nach New York geflüchtet bin und nimmt mich wieder in den Arm.

„Arschloch", zischt sie in unsere Umarmung. Auch wenn es Josés Cousin ist, sie wird mit José nicht darüber reden. Sie muss am nächsten Morgen wieder weg, sie ist nur gekommen um von mir zu hören, was passiert ist.
Noch mal umarmen wir uns als wir am Flughafen stehen und uns voneinander verabschieden. Die nächsten Wochen bin ich damit beschäftigt mein Projekt zu meistern, was mich nebenbei auch von Luis ablenkt. Die erste Runde habe ich sogar weiter geschafft, womit ich gar nicht gerechnet habe, als meine persönlichen Favoriten der Teilnehmerinnen ausgeschieden wurden sind.
Zu meiner Belohnung für die letzten harten Wochen habe ich mir eine extra Kugel Eis gegönnt. Gerade als ich diese vernaschen will klingelt es an der Tür. Lovely und Sharin sind nicht da, also öffne ich die Tür und mir stockt der

Atem. Ich möchte was sagen, doch weiß nicht was, also schaue ich ihn einfach nur entsetzt an.

„Amaya, ich habe so oft versucht dich zu erreichen, wieso gehst du nicht an dein Handy?",

„weil... ich... du...", stottere ich nur.

„Was ist denn los?".

Das ist der Punkt wo ich völlig durcheinander geworden bin. Wieso ist Luis zu mir gekommen? Ist die andere etwa aus New York? Er wollte sie doch besuchen gehen.

„du bist doch... du wolltest..." brabble ich weiter, Luis weist mich darauf hin ruhig zu bleiben. Ich bitte ihn rein, um zu reden. Ich muss es von ihm hören, sonst werde ich noch lange das Gefühl haben zu ersticken. Genau wie ich es Nala erzählt habe, erzähle ich es nun ihm, der Person, um der es sich handelt. Als ich fertig mit meiner Erzählung bin, lacht er ein paar mal kurz auf. Wie kann man bei so einem Thema lachen? Diese Reaktion von ihm verletzt mich umso mehr. Lächelnd schüttelt er den Kopf. Er gesteht mir, es sei seine Mutter am Telefon gewesen. Am liebsten würde ich jetzt noch mal weg laufen oder mich verstecken, weil es mir so unglaublich peinlich ist. Doch Luis nimmt mir dieses Gefühl weg, als er seinen Arm um mich legt und meine Lippen mit seinen süßen Küssen bedeckt.

„Niemals würde ich so etwas machen" flüstert er mir ins Ohr. Ab da an habe ich wieder

atmen können, dieses Gefühl zu ersticken ist endlich weg. Die Sache ist gegessen und wir stürzen uns auf ein Abenteuer.
Ich zeige ihm die Ecken New Yorks, die ich mittlerweile kenne und verbringen so die drei Tagen, die Luis noch in New York hat, zusammen. Wo Luis nun auch weg ist, weiß ich dass niemand mehr kommt, was mir eine trübe Stimmung herruft. Ich widme mich zur Ablenkung voll und ganz dem Wettbewerb zu und telefoniere jeden Abend mit Nala und Luis. So vergehen die nächsten Wochen schneller, außer wenn ich nach jeden Projekt zittern muss, ob ich denn weiter komme oder nicht. Bis jetzt habe ich es weiter geschafft und bin schon in der dritten Runde. Nala, Luis, José, Elisa und Frau Viola bejubeln mich jedes mal am Handy, was mir Mut gibt nicht aufzugeben.
Bis zur nächsten Runde dauert es ein wenig, so gönne ich mir einen Flug nach Deutschland. Angekommen werde ich mit einem Frühstück von Elisa, Nala, José und Luis empfangen. Ich bleibe eine Woche in Deutschland, bevor ich wieder nach New York muss. Ich genieße jede einzelne Sekunde mit den wichtigsten Menschen meines Lebens. Jeden Abend zieht mich Luis zu sich und flüstert mir ins Ohr, wie sehr er mich für sich alleine haben möchte. Und Nala zieht mich dann immer von ihm weg, um ihm klar zu machen,

dass trotz allem ich zu ihr gehöre. Manchmal benehmen sich die beiden wie kleine Kinder, denen das Spielzeug weg genommen wird. José, Elisa und ich sind entsetzt über ihr Verhalten und müssen darüber schmunzeln, wie ernst Nala es meint. Sie ist immer noch sauer auf Luis, weil wir dachten er würde mir fremdgehen, obwohl es nicht so ist.
Wie immer vergehen die schönsten Momente viel zu schnell und so verbringen wir wieder einmal alle gemeinsam den letzten Abend vor meinem Abflug. Nala bringt eine kleine Torte aus der Küche und plaziert sie vor mir auf den Tisch. Darauf steht,
„Viel Erfolg, Amaya".

8

Wieder in New York möchte mich die Einsamkeit umarmen, doch ich lasse es nicht zu.
Der Aufenthalt in Deutschland bei meiner kleinen Familie hat mir viel Kraft gegeben. Immer wieder kommen mir die Bilder vom letzten Abend wieder in den Sinn, die Torte von Nala und der Glücksbringer von Luis, welches ein kleiner Schlüsselanhänger mit einer Schildkröte ist.
Seit einigen Tagen bin ich sehr viel unterwegs. Ich besorge ständig neue Stoffe und gehe in Kunstmuseen um mich zu inspirieren. Außerdem suche ich mir einige edle Outfits für die Fashion Week, die in zwei Tagen beginnt. Das wird das erste Mal sein, dass ich auf einer Fashion Week sein werde, als sei das nicht schon der Wahnsinn, habe ich sogar überall freien Zugang. Ich bin eine der letzten zehn Teilnehmerinnen, die im Wettbewerb noch dabei sind und nur drei dürfen auf die Fashion Week. Dies ist nicht zum Spaß, sondern wir sollen selbstständig, dafür sorgen Kontakte zu berühmten Designer zu finden, da es jetzt immer ernster wird und Richtung Finale geht. Jeden Abend falle ich erschöpft in mein Bett, wo ich direkt meinen nötigen Schlaf finde, um am nächsten Tag wieder fit auf den Beinen stehen zu können. Trotz dem Stress und dem Druck bin ich

immer noch mit Herz und Seele dabei, es ist eben meine Leidenschaft.
Zum ersten Tag der Fashion Week bin ich extra früh aufgestanden um mich so perfekt wie möglich zu stylen, denn der erste Blick zählt. Frühstücken kann ich nicht, dafür bin ich viel zu aufgeregt, was auch dafür sorgt, dass ich zwei Stunden vor Beginn im Lincoln Center antanze. Ich warte im Eingangsbereich auf die weiteren zwei Teilnehmerinnen mit denen ich bis jetzt nie ein Wort ausgetauscht habe. Es herrscht ein so starker Konkurrenzkampf, dass niemand miteinander redet. Wenn alle Teilnehmerinnen im Lincoln Center versammelt sind, auch privat, wenn man sich zufällig unterwegs sieht, nicht mal ein 'Hallo' ist drin. Außer Sharin, Lovely und ich, wir drei sind die einzigen die ständig zusammen sind, gemeinsam alles besprechen, auch privat, da wir uns, bekanntlich, eine Wohnung teilen. Irgendwann ertrage ich die Aufregung nicht mehr und gehe zur nächsten Bäckerei, um mir eine Kleinigkeit zum essen zu holen, doch es wird nicht besser. Also nehme ich eine Beruhigungstablette die, Gott sei Dank, schnell ihre Wirkung zeigt, denn ich werde ruhiger. Langsam füllt sich es im Center und ich werde ungeduldig. Wo zur Hölle bleibt der Rest?
Kaum habe ich den Gedanken frei gelassen sehe ich die zwei weiteren Kandidatinnen, die ich mit

einem Lächeln empfange, aber sie denken nicht mal daran mir nur einen Blick zu erwidern. Nach einiger Zeit kommt auch Mr. Ower, der zwar uns drei begrüßt, aber nur mich anschaut. Mir ist es so furchtbar peinlich ihm jetzt gegenüber stehen zu müssen, ich weiß nicht mal was in der Nacht passiert ist, als ich neben ihm aufgewacht bin. Ihm sagen, dass er sich von mir fern halten soll traue ich mich nicht, weil ich glaube er könnte dafür sorgen, dass ich disqualifiziert werde. Ich bin jetzt so weit gekommen, da will ich es mir nicht kaputt machen. Also beschließe ich ruhig zu bleiben und seinen Flirts auszuweichen. Er erklärt uns kurz wichtige Details, die wir beachten sollen, wünscht uns viel Spaß und Erfolg. Wir drei auserwählten stehen auf um los zu ziehen. Eigentlich hatte ich vor mit den beiden gemeinsam zu gehen, doch sie gehen beide getrennte Wege und ich schaue ihnen hinter her. Ich hasse es alleine zu sein, aber ich habe keine andere Wahl, also los.
Jedoch werde ich am Arm gepackt und fest gehalten, ich sehe mich um und schaue in diese verfluchten blauen Augen.

„Was?, mache ich ihn blöd an.

„Sollen wir nicht gemeinsam die nächsten Tage hier verbringen?",

„Nein, danke", antworte ich ihm und möchte los, doch er hält mich wieder am Arm fest.

„Aber wir können doch am Abend gemeinsam ausgehen?",
„Ich sagte nein, danke" versuche ich ihm ruhig zu ermahnen, dabei hätte ich ihn am liebsten angeschrien, dass er mir bloß aus dem Weg gehen soll, er könnte mich aber vom Wettbewerb raus schmeißen und das möchte ich nicht, wo ich schon so weit gekommen bin. Ich mache mich frei von seinem Griff und ziehe los. Stur und stark gehe ich los. Ich frage mich, ob er denn weiß was in der Nacht vorgefallen ist.
Ich besichtige alles, jede Ecke betrachte ich ganz genau. Meine Träume übernehmen meinen Tag. Ich stelle mir vor wie es wäre, wenn ich gerade hinter der Bühne stehen würde und in die begeisterten Gesichter der Zuschauer blicke, während die Models meine Kollektion vorstellen. Danach gehe ich auf die Bühne und alle bestaunen mich und applaudieren mir zu. Ein Traum, der mit dem Gewinn dieses Wettbewerbs in Erfüllung gehen könnte. Die Welt würde wissen wer ich bin, dass es jemanden wie mich existiert, ich bin nicht perfekt, bei Weitem nicht, doch ich fühle mich schön mit all meinen Fehlern. Meine Eltern wären stolz auf mich, ich wäre glücklich. Denn ich tue was ich liebe!
Meine Gedanken werden durch das Klingeln meines Handys unterbrochen. Sharin ruft an und fragt wie es ist, ich soll ihr Bilder schicken, was

ich mache, wo ich bin. Ich schicke ihr Fotos vom Laufsteg, von berühmten Designer mit denen ich mich die nächsten Tage auch ständig unterhalte. Obwohl ich total müde und ausgepowert bin, weil ich die Tage kaum schlafe vor lauter Freude auf den nächsten Tag, beschließe ich einen Tag der Fashion Week nicht zu besuchen.
Stattdessen schlafe ich aus und gehe mit Lovely und Sharin in ein Café und ich erzähle ihnen alles was auf der Fashion Week zu sehen ist. Die beiden kriegen vom Staunen den Mund nicht mehr zu und erwähnen immer wieder was für ein Glückspilz ich doch sei, dabei schaue ich immer auf den Glücksbringer den mir Luis geschenkt hat, es bringt mir wirklich Glück.
So entschuldige ich mich auch kurz bei den beiden und ziehe mich zurück. Ich wähle Luis Nummer und nach nur einem Klingeln geht er schon ran
„Hallo?",
„Hey", gebe ich zurück, als sei das eines meiner ersten Dates mit ihm.
„Hey, lange nichts mehr von dir gehört. Wie läuft es bei dir?",
„Ja alles gut, ich habe Sehnsucht nach dir", gebe ich kleinlaut zu. Ich brauche nicht bei Luis zu sein um zu sehen, dass er gerade grinst, ich spüre es schon über das Handy.
„Ich vermisse dich". Das ist das was ich nur von ihm hören wollte. Es bildet sich ein Lächeln

auf meinem Gesicht. Noch eine Weile unterhalten wir uns bis Ian Ower vor mir steht und auf mich zu kommt.
Oh nein! Was macht der denn hier? Das kann doch kein Zufall sein. Schnell lege ich bei Luis auf,
„Hey, ich habe dich heute morgen gar nicht gesehen."
„Ich hatte heute keine Lust",
„Aber du kommst doch die nächsten Tage oder?",
„Mal sehen". Ist es denn nicht offensichtlich genug, dass ich ihm aus dem Weg gehen will und er mich in Ruhe lassen soll? Ohne ihn zu beachten gehe ich zurück zu dem Tisch, wo die Mädels auf mich warten. Verzweifelt sucht er nach Worten und wird nicht fündig. Das ist auch gut so, so kann ich ungestört zu Sharin und Lovely gehen. Noch lange sitzen wir da und entspannen uns gemeinsam, bis wir alle müde werden und nach Hause gehen.
Unterwegs ruft Nala mich an und erzählt mir, dass José ihr einen Heiratsantrag gemacht hat.
„Was?!", schreie ich entsetzt ins Telefon. Lovely und Sharin schauen mich neugierig an und geben keinen Mucks von sich, mit der Hoffnung sie können hören was los ist.
„Freust du dich denn nicht?",
„Doch natürlich freue ich mich, nur habe ich damit kein bisschen gerechnet. Sonst immer

erzählt mir José alles bevor er etwas mit dir vor hat",

„Aha, gut zu wissen...", antwortet mir Nala. Schon seit José in Nala verliebt ist hat er sich immer an mich gewendet, wenn er vor hat ihr eine Freude vorzubereiten. Das ist das erste Mal, dass er es mir nicht erzählt hat.

„Es war so schön Amaya. Du hättest dabei sein müssen, ich habe vor Glück geweint. Er hat mich an unserem Jahrestag ausgeführt in ein Restaurant, was seit neustem erst geöffnet hat. Wir haben so lecker gegessen, wir beide müssen auch mal dahin.
Auf jeden Fall, sind wir nach dem Dessert auf das Dach gegangen und haben getanzt. Ein Feuerwerk hat uns beim Tanzen unterbrochen. Und... das Feuerwerk war für mich! Es hat ganz groß geleuchtet 'Nala, willst du mich heiraten?'".
Meine Mama war anscheinend den ganzen Abend mit Josés Mutter auch da gewesen, ich hatte ja gar keine Ahnung. Sie haben alles aufgenommen und fotografiert. Als ich ihm 'ja' gesagt habe sind die plötzlich aus der Ecke gesprungen und haben uns gratuliert.
Oh mein Gott! ich bin so aufgeregt, es war so schön. Ich würde am liebsten noch mal 'ja' sagen". Erzählt sie mir total fröhlich und aufgeregt. Sie erzählt mir, dass sie aber noch mit der Hochzeit eine Weile warten wollen, warum will

sie mir nicht sagen. Wir unterhalten uns lange darüber, was uns die letzten Wochen gebracht haben. Als ich auflege sehe ich in Sharins und Lovelys Gesichter die mich neugierig anschauen, so erzähle ich den beiden, dass Nala einen Antrag bekommen hat. Wie nicht anders zu erwarten freuen sie sich total für Nala.
Wir sitzen im Wohnzimmer und haben nach langem Reden, plötzlich uns nichts mehr zusagen, bis Lovely mit einem unangenehmen Thema beginnt.

„Was meint ihr wer morgen ausgeschieden wird?", Sharin und ich schauen uns unsicher an.

„Weiß ich nicht", antwortet Sharin leise. Es herrscht lange eine unangenehme Stille, Lovely zieht sich, mit vollen Augen, in ihr Zimmer zurück. Sharin sieht ihr traurig hinterher, ich auch.

„Arme Lovely", murmelt Sharin vor sich hin.

„Was ist los?", frage ich sie.

„Lovely ist aus Afrika geflüchtet." Ich kann nicht glauben, was ich da höre und schaue sie entsetzt mit aufgerissenen Augen an.

„Sie ist was?",

„Sie ist geflohen, weil man sie Zwangsverheiraten wollte. An dem Wettbewerb hat sie nur teilgenommen, wegen des Geldes", führt Sharin weiter fort und bei jeder weiteren Information reiße ich meine Augen entsetzt immer

weiter auf. Noch lange sitzen wir gemeinsam. Lovelys Situation kriege ich nicht verdaut. Bei dem Gedanken gezwungen zu werden jemanden zu heiraten den man nicht liebt, wahrscheinlich sogar nicht mal kennt, wird mir übel. Was würde ich tun, wenn ich in der Situation wäre? Trotzdem bewundere ich Lovely, Sie hat den Mut gehabt zu flüchten, sie kämpft hart um glücklich zu sein. Ich mache mich Bett fertig und lege mich in mein Bett zum Schlafen, morgen werden fünf Teilnehmer gehen müssen. Bis jetzt ist immer nur eine ausgeschieden worden, aber morgen werden es von zehn nur fünf weiter schaffen. Es kann jeden von uns treffen. Dieser Gedanke macht mich müde und lässt mich einschlafen.
Am Morgen wache ich auf und gehe erst mal duschen, anschließend schminke ich mich leicht. In der Küche haben schon Lovely und Sharin Pancakes zum Frühstück gemacht und essen bereits, ich schließe mich den beiden an. Fertig mit Frühstück räumen wir auf und machen uns auf den Weg ins Lincoln Center.
Dort angekommen sehe ich Ians grinsende Begrüßung von weitem, die ich ignoriere und so tue als hätte ich nichts mitbekommen. Wie immer stellen sich alle Teilnehmer in eine Reihe auf die Bühne. Jeder stellt das Ergebnis seines Projekts vor und erklärt, wieso weshalb warum. Zwar ist man selbst über sein Werk überzeugt, doch die

Jury ist total hartnäckig. Das bearbeiten und vorstellen meines Projekts ist gar kein Problem, ich vermute es fällt niemandem der Teilnehmer schwer. Das Problem ist das Warten und Hoffen, dass man weiter kommt. Als mein Name in den großen leeren Saal fällt trete ich ein Schritt vor aus der Reihe und mein Herz pocht wie verrückt, dass ich nichts anderes hören kann, wie immer.

„Amaya...", beginnt Ian. Immer wenn es um mich geht spricht er, bei allen anderen Teilnehmer spricht Mrs. Blair.

„Du hast mir schon von Anfang an gefallen.", zwinkert er mir zu, welches ich mit einem gezwungenem Lächeln annehme. Die Kombination aus Aufregung und Übelkeit ist nicht empfehlenswert!

„Wir haben gar nicht lange überlegt, du bist als beste weiter. Herzlichen Glückwunsch". In dem Moment ist mir ein Stein vom Herzen gefallen. Eigentlich will ich in dem Moment Sharin und Lovely überglücklich umarmen, aber die beiden müssen noch weiter Hoffen. Also gehe ich von der Bühne runter, bedanke mich bei der Jury und setzte mich, im Publikumsbereich in die erste Reihe, hin. Eine weitere Teilnehmerin kommt auch weiter, die mit einem eingebildetem Blick an mir vorbei geht und den Saal verlässt. Ich frage mich echt was in ihrem Kopf vorgeht. Wie kann man schon so abgehoben sein, wenn man noch nichts

Ganzes erreicht hat? Nach ihr werden Sharin und Lovely zusammen aufgerufen und Mr. Edison beginnt zu sprechen:

„Bei euch beiden haben wir uns sehr schwer getan. Ihr habt euer Projekt sehr präzise gestaltet, ihr habt uns alle umgehauen. Wir wollten wissen wer ist besser von euch beiden, aber ihr seid gleich. Lange haben wir überlegt, ob wir euch beide nach Hause schicken…", bei dem Gedanken wieder nach Hause gehen zu müssen wird Lovely ganz starr und blass im Gesicht,

„…oder einer von euch bleibt und einer von euch geht…" Ich sehe schon wie Lovelys Augen sich füllen. Auch mich nimmt es alles mit, eine von den beiden wird gehen müssen. Man sieht Sharin an, dass sie kaum noch Luft kriegt, Lovely wird immer blasser und sieht aus wie eine Statue und ich weiß nicht, ob ich mich auf mein Weiterkommen noch weiter freuen kann. Bis der Herr weiter spricht kommt es mir vor wie eine Ewigkeit, ich bin froh nicht in Lovelys oder Sharins Haut zu stecken, ausgerechnet die beiden.

„Also, haben wir uns entschieden…", verdammt, kann er nicht ohne Unterbrechung den Satz zu Ende führen, oder auch nicht?

„… euch beide in der nächsten Runde dabei haben zu wollen. Herzlichen Glückwunsch!" Anstatt sich zu freuen brauchen Sharin und Lovely eine Weile um zu begreifen was passiert ist, bis sie sich weinend und kreischend in die Arme fallen und ich aus dem Publikum ihnen zu jubele. Die anderen Teilnehmer schauen uns nur verdutzt an, sie verstehen nicht wie man sich für die eigentliche Konkurrenz freuen kann, genau wie die Jury, die sich aber mit freut. Wer danach noch weiter gekommen ist interessiert mich nicht. Hauptsache ich bin mit Sharin und Lovely vereint. Arm in Arm wollen wir nach Hause fahren, da ruft mich Ian. Genervt und doch mit einem super gespieltem Lächeln wende ich mich zu ihm. Er macht uns darauf aufmerksam, dass noch besprochen wird wie es ab morgen weiter geht. Mrs. Blair erhebt sich von ihrem Sitz:

„Ab morgen wird es härter für euch. Ab morgen geht es um alles. Ab morgen werdet ihr nicht mehr alleine an eurem Projekten arbeiten." Sie schenkt jedem von uns ein Lächeln und geht, die anderen Jury Mitglieder folgen ihr und lassen uns mit fragenden Gesichter zurück.
Die Spekulation kann beginnen.
Sharin, Lovely und ich gehen in eine Bar um zu entspannen und das Weiterkommen anzustoßen, außerdem um nach zu grübeln was Mrs. Blair mit ihren Anmerkungen meint.

„Ich hab es! Wir werden mit Designer zusammen arbeiten müssen!", sagt Lovely fest entschlossen und haut dabei auf den Tisch. Schon lange überlegen wir was uns ab morgen vorsteht,

Lovelys Gedanke klingt bis jetzt sinnvoll und logisch.

„Ich hole noch ein paar Drinks um anzustoßen", sage ich fröhlich und mache mich schon auf den Weg. Der Weg zur Theke kommt mir so lang vor. An der Theke schließe ich meine Augen, atme mehrmals ein und aus. Mein Kopf brummt vom Alkohol und mein Körper fühlt sich so schwer an. Ich lehne mich amüsiert an die Theke und warte bis einer der Kellner mir seine Aufmerksamkeit schenkt. Ich schaue um mich herum und sehe in dunkle gefährliche Augen.

„Was möchtest du haben Süße?" fragt mich der Kellner, doch ich bin erstarrt als ich wieder reflexartig in die beschützenden Augen schaue, die ich nach so langer Zeit wieder sehe.

9

Das kann doch nicht wahr sein! Schon so lange kämpfe ich darum von diesen Augen los zu kommen, um sie ein für alle mal zu vergessen. Ich begreife es einfach nicht! Immer wenn ich mir denke, dass endlich alles gut läuft in meinem Leben, muss man mir Steine in den Weg legen. Diese Augen, die mich immer verfolgen. Jeder normale Mensch würde sich verfolgt fühlen, aber ich? Ich himmle diese wunderschönen Augen an. Als ob ich noch nie braune Augen gesehen habe. Soll ich mich freuen oder soll ich weinen?
Meinen Blick kann ich nicht mehr abwenden, alles in mir ist erstarrt. Ich weiß gar nicht wie lange ich nun an der Theke stehe und einfach in dieses perfekte Gesicht starre. Ich beobachte jede Bewegung. Dieses Lachen, wie die perfekten Zähne raus blitzen. Alles ist perfekt, genau wie ich es in meiner Erinnerung habe. Es ist alles genau wie damals, alles! Ich erinnere mich zurück, das erste Mal wie er vor der Tür stand mit einem Blumenstrauß. Er hat mir ein zuckersüßes Lächeln geschenkt, genau so wie er gerade seinem Gegenüber anlächelt. Ich erinnere mich wie er mich geliebt hat, wie er sich um mich gesorgt hat. Wir sind im Garten spaziert und haben Früchte auf der perfekten Wiese gegessen. Neben ihm bin

ich eingeschlafen und wieder aufgewacht, alles ist perfekt gewesen, doch ich wollte davon weg kommen. Ich bin gefangen gewesen! Alle diese Bilder kommen in mir wieder hoch. Nun blicken diese Augen verwirrt zu mir, hat er mich etwa erkannt? Ein Kribbeln durchfährt mich, wie damals. Zwar ist alles gruselig, doch ich genieße dieses Kribbeln, denn ich habe es vermisst.

„Süße? Deine Bestellung.", holt mich der Kellner wieder zurück in die Realität. Erst da beginne ich wieder zu atmen.

„Ist alles in Ordnung? Du siehst du blass aus", fragt ein anderer Kellner mit einer besorgten Stimme.

„Äh ja...", gebe ich zurück. Nochmal schaue ich in die, mich beruhigenden Augen, und gehe anschließend mit weichen Knien aufs WC.
Ich schließe mich in einer Kabine ein und setzte mich auf den Klodeckel. Mit geschlossenen Augen atme ich tief ein und wieder aus und gehe noch mal alles ganz genau durch. Ich muss hart auflachen und gehe zum Waschbecken, um mir die Hände zu waschen. Ich tupfe mir Wasser an meinen Nacken.

„Ich bin so blöd. Die Träume verfolgen mich." rede ich vor mich hin, eine weitere Frau schaut mich an als sei ich verrückt. Ich schenke ihr ein beschämtes Lächeln. Es ist nur ein Traum, wenn ich aufwache ist alles wieder vorbei.

Ich gehe wieder an die Theke und bestelle mir drei mal Whiskey Coke. Während ich auf die Getränke warte suche ich nach den beschützenden Augen, doch vergeblich. Siehst du Amaya! Du hast es dir nur eingebildet, spottet mich eine innere Stimme an. Ich nehme die Drinks und geselle mich zu den Mädels.

„Wo warst du so lange?", fragt Sharin
„War noch auf Klo, Sorry.",
„Auf Morgen!", hebt Lovely beschwipst das Glas, um anzustoßen. Wir genießen noch lange den Abend gemeinsam, während ich mich immer wieder nach den Augen umschaue, die ich so vergöttere.

„Ich habe es mir nur eingebildet", ermahne ich mich.
Mit Kopfschmerzen und viel zu spät öffne ich schwer am nächsten Morgen meine Augen. Beim Aufstehen stöhne ich laut auf, da es mir schwer fällt, doch ich muss mich aufraffen, ich muss mich beeilen, heute erfahren wir wie es weiter geht. Ich reiße gestresst die Tür, nachdem ich mich angezogen habe auf, um ins Bad zu laufen und mich frisch zu machen. Im selbem Moment treten Lovely und Sharin verschlafen aus ihrem Schlafzimmern raus. Erst schauen wir uns alle gegenseitig verdutzt an, doch egal wie daneben die Situation ist brechen wir in Gelächter aus,
„Okay, beeilen wir uns, wir kommen zu

spät!" unterbricht Lovely das Lachen. So stürmen wir alle durch das Haus, die eine ist im Bad und macht sich frisch, die anderen in der Zeit in der Küche schon mal Frühstück zubereitet und ein Taxi bestellen. Egal wie sehr wir uns bemüht haben frisch und ausgeschlafen auszusehen, sieht man uns dreien die lange Nacht an, denn unsere Augenringe stechen trotz vielem Concealer heraus.
Im Lincoln Center angekommen holen wir uns alle einen Espresso und verkrümeln uns anschließend in die letzte Reihe. Es geht los, Mr. Ower beginnt zu erzählen, er stottert immer wieder und seine Augen wandern durch den ganzen Saal. Natürlich fragt er sich als aller erstes wo ich bin, denn seine Augen ruhen nur auf mir. Es dauert nicht lange und er findet mich, so beruhigt er sich und fährt entspannt weiter mit seiner Rede fort. Dabei lächelt er glücklich, wie ein kleines Kind welches sein Kuscheltier wieder gefunden hat.

„Noch offensichtlicher, dass er auf dich steht, geht es wohl nicht.", schmunzelt Lovely neben mir und Sharin beginnt an zu kichern.

„Du kriegst wegen ihm sicherlich extra Punkte", flüstert sie mir belustigt zu, doch mir wird übel, da ich mich wieder an die Nacht erinnern muss und ich mich vor ihm, und vor allem von mir selbst, ekele. Widerlich!

„Und hier kommt eure nächste

Herausforderung!", beendet Ian seine Rede und gewinnt unsere Aufmerksamkeit.
Es kommen fünf Männer auf die Bühne. Sharin und Lovely sind von allen angetan, während ich das Gefühl habe, mir wurde der Boden unter den Füßen weg genommen. Schon wieder diese Augen! Ich schließe gequält meine Augen.

„Warum?", stelle ich mir flüsternd die Frage. Wieso, verfolgen mich meine Träume so sehr? Bin ich etwa wieder eingeschlafen? Aber das kann doch nicht sein... Ich atme tief ein und öffne die Augen. Er steht immer noch da. Noch am Abend zuvor hatte ich geglaubt zu träumen. Vielleicht träume ich auch und der Traum geht hier weiter, also kneife ich mir in den Oberarm mit der Hoffnung aufzuwachen, doch es ändert nichts.

„Der Linke sieht zum Anbeißen aus.", schwärmt Lovely neben mir. Verwirrt schaue ich zu ihr. Es ist definitiv kein Traum! Denn in meinen Träumen, waren wir alleine, immer! Ich versuche mich auf das Geschehen auf der Bühne zu konzentrieren und mich zu beruhigen.

„Es sind Alexander, Chris, David, Raj und Denno.", stellt Ian sie alle vor, neben mir erwähnt Lovely Chris seinen Namen noch mal und Sharin den von Raj. Ich dagegen kämpfe mit den Tränen. Er heißt auch noch wirklich Denno. Wir werden nach vorne gerufen, Sharin und Lovely springen sofort auf und rennen förmlich nach vorne, außer ich. Ich kann mich nicht mehr bewegen, bin wie versteinert. Wieso muss es jetzt passieren, wo ich doch so weit gekommen bin etwas zu erreichen.

„Kommst du, Amaya?", ruft Mr. Edison mich in die Realität. Automatisch schaue ich in die Augen, die mich fesseln. Ich kann ihn nicht aus den Augen lassen. Als Denno meinen Namen hört sieht er erschocken zu mir. Er hat die Augen soweit auf gerissen, er muss mich kennen, kein Zweifel! Immer noch überfordert mit der ganzen Situation stehe ich vorsichtig auf. Mein Kopf ist zu einem schnelle Karussell mutiert. Es fällt mir schwer aufrecht zugehen. Meine Knie sind butterweich. Auf der Bühne stupst mich Sharin an und fragt, ob alles okay ist, da ich sehr blass sei.

„Alles gut", antworte ich ihr mit einem gequälten Lächeln. Noch einmal will ich ihn betrachten, dabei merke ich, dass er mich schon längst beobachtet, so senke ich sofort meinen Blick zu Boden, während sein Blick auf mir brennt. Was die Jury für Anweisungen gibt höre ich kaum, ich kann mich auf nichts konzentrieren, alles bewegt sich um mich herum, außer ich. Aus meinem Augenwinkel merke ich, dass Denno mich noch immer beobachtet. Die Stimmen der Jury, höre ich im Hintergrund, im Vordergrund sehe ich die Bilder von der Zeit mit Denno und wie er jetzt plötzlich vor mir steht. Lange überlege ich, ob ich ihn ignorieren soll oder versuchen soll mehr von

ihm zu erfahren.
„Amaya?", zieht mich Ian aus meiner Welt raus,
„Komm setzt dich und trink etwas, du siehst überhaupt nicht gut aus", ohne ihm erwidern zu können lasse ich es zu, dass er seinen Arm um meine Schulter legt und mich von der Bühne begleitet. Er schenkt mir Wasser ein und hilft mir beim Trinken.
„Möchtest du dich heute ausruhen?",
„Nein, geht schon.",
„Sicher? Weil du...",
„Mir geht es gut!", unterbreche ich ihn. Nach zwei Gläsern Wasser fühle ich mich schon stärker und begebe mich wieder zurück auf die Bühne. Noch einmal schaue ich zu Denno, ich kann nicht anders, der mich noch immer beobachtet. Ich werde ihn, wenn wir fertig sind, ansprechen. Ich muss heraus finden, woher er mich kennt, ob seine Träume mit meinen übereinstimmen. Er ist genau so wie ich schockiert, ich habe es doch gesehen. Aber was soll ich ihm sagen? 'Hallo'... und dann? Es fällt mir schwer, so lange darauf zu warten, um mit ihm zu reden. Mit Sharin und Lovely kann ich mich nicht unterhalten, denn die beiden buhlen um die Aufmerksamkeit von Raj und Chris. Sie kriegen diese Aufmerksamkeit auch. Wenigstens sind sie glücklich.

Endlich fertig mit allen Besprechungen packen Sharin, Lovely und ich unsere Sachen, um raus zu gehen, nebenbei suche ich ständig nach Denno, um mit ihm reden zu können. Sharin und Lovely merken es nicht, denn deren Gedanken sind bei Raj und Chris.

„Liebe auf den ersten Blick", murmele ich belustigt vor mich hin.

Ich sehe Denno wie er sich mit Ian unterhält. Als er den Saal verlassen möchte, laufe ich schnell zur Tür und tippe ihn an der Schulter an. Gefühlte Stunden, nein Monate und Jahre, gaffe ich ihm wie ein kleines schwärmendes Mädchen in die Augen. Ich möchte ihn umarmen! Nein, Amaya, bleib bei der Sache!

„Hi", mehr als das kriege ich nicht aus mir raus. Er schaut mich von oben nach unten an,

„Was ist?". Eins steht fest, höflich und freundlich wie in meinen Träumen ist er definitiv nicht.

„Ähm... ich heiße Amaya", und strecke ihm die Hand zu, doch er nimmt sie nicht an, sondern schaut sich diese geekelt an,

„Habe ich schon mitbekommen", und will weiter gehen.

„Warte!", rufe ich ihm hinter her, gegen seinen Willen, bleibt er stehen und dreht sich genervt zu mir um.

„Was?",

„Also... ich weiß, dass hört sich verrückt an, aber ich... ich habe das Gefühl... ich glaube... Nun, du kommst mir sehr... bekannt vor", erzähle ich ihm stotternd, weil ich einfach nicht die passenden Worte finde.

„Ich kenne dich leider auch. Geh mir einfach aus dem Weg, ich möchte nichts mit dir zu tun haben!", gibt er frech zurück. Er geht und lässt mich verdutzt zurück. Ich schaue ihm hinterher. Meine Lippen formen ein 'Was?' Ich bin viel zu überfordert um einen Ton raus zu bekommen. Die nächsten Tage wiederholen meine Gedanken ständig den Satz. Was will er damit sagen? Eins steht schon mal fest, er kennt mich, aber wieso diese Reaktion von ihm? Ist er immer noch sauer, dass ich in Argentinien mit jemand anderes geküsst habe?

„Scheiße!", schreie ich vor mich hin und bewerfe den Spiegel mit meinem Wecker, der sofort in Tausend Teile zerbricht. Genau wie mein Herz, ist der Spiegel jetzt in unendlich viele Stücke zersprungen. Beim Aufheben der Scherben schneide ich mich immer wieder, doch ich spüre den Schmerz nicht. Ich sehe nur wie meine Hände, Klamotten und der Boden sich rot färben. Wegen meinen Tränen erkenne ich auch nichts mehr, denn sie fließen ununterbrochen immer weiter, ob ich will oder nicht.
Nachdem ich das Chaos, welches ich angerichtet

habe, aufgeräumt habe, beschließe ich erst einmal ausgiebig zu baden. Das heiße Wasser entspannt mich, doch meine verwirrten Gedanken bleiben. Ich schließe meine Augen und sehe nur noch Denno vor mir. Seine gefährlichen Augen, worin ich immer wieder Schutz finde und wie ich ihn in meinem letzten Traum, in der Badewanne aufgefunden habe. Jetzt liege ich mit blutigen Händen in der Badewanne. Genervt steige ich aus der Badewanne, ich möchte ihm wieder nah sein. Ich erinnere mich, dass er nur da war, wenn ich etwas falsch gemacht habe, wie feiern gehen oder zu viel Alkohol trinken.

„Ich weiß wie ich dich wieder kriege!", sage ich zu mir selbst und schaue in mein Spiegelbild. Nachdem ich angezogen bin, laufe ich zum nächsten Kiosk und kaufe mir Zigaretten und Whiskey. Zu Hause sperre ich mich in meinem Zimmer ein und beginne aus der Flasche zu trinken. Zwischendurch breche ich wieder in Tränen aus, da mir die Worte von Denno sehr weh tun, doch ich freue mich auf das Wiedersehen mit ihm in meinen Träumen. Dieser Gedanke lässt mich, trotz fließenden Tränen, lächeln. Wir sehen uns da wo alles schön und gut ist. Ich lächle mehr. Darauf trinke ich noch einen Schluck. Ist die Flasche leer öffne ich die Nächste und rauche dabei ein paar Zigaretten, bis ich, wegen des Dröhnens in meinem Kopf, einschlafe.

Ich wache glücklich auf, da ich mich darauf eingestellt habe Denno in meiner Nähe zu haben, doch ich bin in meinem Zimmer. Nachdem ich um mich herum alles durchsucht habe, ob er irgendwo ist, stelle ich klar, dass ich nicht in meinen Träumen bin und er nicht in meinen Träumen aufgetaucht ist. Doch ich gebe nicht auf! Die nächsten Tage bin ich nur damit beschäftigt, wieder von ihm zu träumen. Ich benehme mich total daneben, ich kann gar nicht mehr klar denken. Ich brauche ihn! Ich will ihn! Selbst zum Frühstück trinke ich nur Alkohol, mein Körper besteht wahrscheinlich nur noch aus Alkohol, egal wo ich hin gehe, flirte ich intensiv mit wild fremden Männern. Egal wie sehr ich nach jeder Zigarette huste, ich zünde mir noch eine und noch eine an. Ich will ihn unbedingt wieder sehen, so sehr. Ich will ihn wieder berühren können, wieder mir einen Kuss stehlen können und glücklich sein. Ich kann nur durch ihn glücklich sein!

10

„Amaya! Nicht schon wieder!", schreit Lovely durch die ganze Wohnung.
Seit einigen Tagen kann ich nicht klar denken. Mein Körper ist nur noch vom Alkohol beeinflusst und das nur weil ich immer noch nicht Denno, in einer meiner Träume, wieder gesehen habe, wobei ich habe gar keine Träume mehr. Mein Herz schnürt sich immer weiter zusammen, ich ersticke. Ich habe es doch so gut wie geschafft gehabt nicht mehr an ihn zu denken, wieso taucht er wieder auf und stellt alles auf den Kopf? So viele Fragen in meinem Kopf, ich weiß nicht mit welcher ich mich als erstes beschäftigen soll. So langsam verliere ich die Nerven und die Menschen um mich herum ebenfalls, wie Lovely momentan.

„Verdammt, dein Zimmer riecht wie in einer Kneipe, die man Jahre lang nicht gelüftet hat!", schreit sie weiter und öffnet dabei alle Fenster. Sharin kniet sich zu mir auf den Boden nieder.

„Was hast du nur? Wieso redest du nicht mit uns?", am liebsten hätte ich es ihnen erzählt, doch ich schäme mich, ich habe Angst ausgelacht zu werden, Angst davor, dass man mich nicht versteht. Mein Kopf brummt so laut, dass ich kaum etwas mitbekomme, ich sehe nur wie Lovely und Sharin durch das Zimmer hin und her huschen. Es gibt nichts wichtigeres zur Zeit in meinem Leben außer Denno im Traum wiederzusehen.

Irgendetwas warmes berührt mich und lässt mich wieder aufleben, es duftet so süß nach Himbeere. Die Schmerzen in meinem Herzen lassen etwas nach, ich fühle mich stärker. Eine Weile genieße ich noch das Gefühl, bevor ich mich darum bemühe langsam meine Augen zu öffnen. Ich befinde mich in der Badewanne. Das Badezimmer ist voll vom Dampf, die Fenster schwitzen, während ich im warmen Wasser liege. Nach einigen Tagen fühle ich mich wieder frisch, aber nicht fit. Sharin kommt rein geplatzt und reicht mir ihr Handy, sie deutet mir, dass jemand dran ist

„Hallo?",

„Amaya?", mir fließen blitzartig unendlich viele Tränen, ein Schluchzen von mir lässt Nala fragen was los ist, doch ich bringe keinen Ton raus.

„Hey, mein Schatz. Komm bitte zu mir, komm nach Hause, bitte!", fleht mich Nala am Handy an. Sie hat wie immer Recht. Ich muss zu ihr, wenigstens für ein paar Tage, denn in drei Wochen ist die nächste Entscheidung, für die ich mich bisher nicht vorbereitet habe, da ich mich komplett Denno gewidmet habe. Mit einem Versprechen, dass ich so schnell wie möglich zu ihr komme lege ich auf. Da ich noch etwas wakelig auf den Beinen bin hilft mir Sharin aus der Badewanne raus und beim Anziehen. Sie hat mir was zu essen vorbereitet, weil sie glaubt das ich so zu Kräften komme. Sie hat Recht. Schon nach dem ersten Bissen bin ich viel lebendiger. Ich bin Sharin so dankbar, da fällt mir ein...,

„Wo ist Lovely?", sie scheint zu überlegen was sie mir sagen soll, doch dann antwortet sie

„Die muss gerade etwas entsorgen.", und grinst mich frech an. Weiter widme ich mich an mein Essen.

Nachdem ich mir meinen Bauch voll geschlagen habe, schmeiße ich mich auf die Couch im Wohnzimmer, nehme meinen Laptop auf meinen Schoß und suche nach einem Ticket. Schnell werde ich fündig und buche. Leider kann ich mir nur zehn Tage erlauben, da ich, wie erwähnt, mich noch um mein Projekt kümmern muss. Übermorgen geht es los! In dem Moment kommt auch Lovely.

„Alles erledigt!", ruft sie Sharin zu, sie selbst aber schlendert zu mir ins Wohnzimmer,

„Geht es dir besser?",

„Ja etwas, danke",

„Du hast du uns echt Angst gemacht die letzten Tage, wir wussten nicht wie wir handeln sollen. Sharin hat mir schon geschrieben, dass du fliegst, bis dahin behalten wir dich im Auge" und

das haben die tatsächlich auch gemacht.
Jetzt wo ich im Flugzeug sitze grinse ich wie eine Irre vor mich hin als ich mich daran erinnern muss.
Nach dem Lovely den Satz beendet hat, bin ich auf mein Zimmer gegangen. Erst einmal habe ich mich hingelegt, doch ich will es noch mal versuchen Denno zu sehen, also beschließe ich wieder zu trinken. Ich öffne meine Schublade am Schreibtisch und möchte die Flaschen raus holen, doch vergeblich, die Schublade enthält keine einzige Flasche. Verwirrt schließe ich die Schublade und öffne sie wieder, nichts ist da drin. Unter dem Bett habe ich auch noch ein paar versteckt, doch auch da ist nichts.

„Hast du echt gedacht wir schauen dir weiter zu wie du trinkst und rauchst?", fragt mich Lovely belustigt, auch Sharin scheint es zu amüsieren, wie ich nach meinen vielen Flaschen unter dem Bett suche. Ab da hat meine Entzugskur angefangen, wie Lovely es genannt hat. Doch ich kann mich nicht beschweren, denn es hat gut getan, es ist besser für mich.
Endlich wieder in Deutschland habe ich auch wieder das Gefühl irgendwo zu Hause zu sein. Als ich zu Hause ankomme stelle ich meine Sachen ab und gehe wieder raus. Damals sind Nala und ich immer zusammen nach Feierabend raus gegangen um zu spazieren und uns gegenseitig vom Tag zu

erzählen. Zum ersten Mal spaziere ich diesen Weg alleine, zum ersten Mal habe ich den Mut alleine diesen Weg zu gehen, um meine Eltern und meinen Bruder zu besuchen.
Bevor ich am Friedhof ankomme, kaufe ich noch drei Kerzen, die ich dann auf die Gräber stelle und anzünde.

„Hey", begrüße ich meine Familie schüchtern, während ich gekniet vor den Gräbern bin.

„Ich muss euch was ganz verrückte erzählen.", beginne ich mit Tränen in den Augen.

„Ich habe mich verliebt, obwohl ich es nicht will, weil ich nur euch lieben möchte. Aber er hat mich verfolgt, egal ob echt oder unecht, direkt nach dem ihr weg wart. Er war in meinen Träumen, wo alles schön und gut war, aber es war nicht echt. Ich musste etwas unerzogenes machen, um ihn in meinen Träumen sehen zu dürfen, um in meinen Träumen glücklich zu sein, weil ich es ohne euch in echt nicht sein konnte. Aber das kann es doch nicht wert sein, oder? Ich kann mich doch nicht selbst fertig machen, um dann meine Fantasie auszuleben? Bitte hilft mir! Natürlich habe ich es genossen, es hat sich auch alles so realistisch angefühlt, war es aber eben nicht! Deshalb wollte ich davon weg, ich habe alles dafür getan, ihn zu vergessen. Fast hatte ich es geschafft, dann taucht er vor mir auf. Erst dachte ich, ich würde Träumen, bis ich fest gestellt habe, dass es tatsächlich echt ist. Verrückt oder?", ich spüre einige Tränen runter kullern und wische sie weg, atme ein und aus, um ruhig weiter sprechen zu können

„Eigentlich bin ich glücklich zu wissen, dass er wirklich existiert, was mich jedoch verletzt hat ist, dass er gar nicht so ist wie ich es geträumt habe. Er hat mich abgewiesen. Und zu wissen, dass ich ihn öfters sehen werde, macht mich fertig. Bitte gibt mir Kraft, ich habe meine verloren. Ich weiß, ich hatte euch Versprochen immer stark zu bleiben, aber... Ich weiß nicht wieso, er hat mein Herz so sehr berührt. Auch wenn es Träume waren, seine Berührungen waren so real, dass wenn ich jetzt daran denke, noch immer eine starke unbeschreibliche Gänsehaut empfinde. Er hat mich so lebhaft in seiner Nähe gemacht und doch ist er auch der Grund wieso ich eine Mauer um mein Herz gebaut habe, ich traue mich nicht zu lieben und zu vertrauen. Gebt mir bitte Kraft, damit ich es erlerne." Ich stehe nicht sofort auf, um nach Hause zu gehen, da es langsam dunkel wird, sondern schicke noch ein Gebet ab.

Zu Hause angekommen rieche ich schon das leckere Essen und höre mehrere Stimmen. Es muss nicht jeder mein verweintes Gesicht sehen, deshalb verschwinde ich erst einmal ins

Badezimmer.
Nachdem ich mich abgeschminkt habe, mein Gesicht gewaschen und mich erneut geschminkt habe setzte ich mein falsches Lachen auf und betrete die Küche, wo ich von allen freudig empfangen werde, selbst Luis ist da, den ich völlig vergessen habe.
Wie peinlich.
Wir essen gemeinsam und ich erzähle ihnen was sich in New York getan hat, außer das Thema Denno natürlich und wie ich mich, im wahrsten Sinne des Wortes, besauft habe. Immer wieder legt Luis seinen Arm um mich oder gibt mir einen Kuss. Es fühlt sich gut an, denn das ist das was ich am meisten brauche, Liebe. In der jetzigen Situation würde ich Luis allerdings nur ausnutzen, aber wie ich dass regeln soll weiß ich auch nicht.
Als alle nach Hause fahren wollen warten alle auf José der seine Sachen packt, da er wohl eine lange Zeit bei Nala geblieben ist. Jetzt wo die beiden verlobt sind, kann ich verstehen, dass sie sich ungern trennen wollen. Direkt danach räumen Nala und ich das dreckige Geschirr in die Spülmaschine ein, dabei fängt Nala an mich auszufragen, was los ist.
Ich erzähle ihr selbst verständlich alles ganz genau und lasse nichts aus. Ich fange an von meinem ersten Traum an zu erzählen und wie ich es mir schon gedacht habe lacht sie mich aus,

allerdings muss ich mit lachen, da ich mir auch total verrückt vorkomme. Sie beruhigt sich und ich fahre mit meiner Erzählung fort, dabei muss sie immer lauter Lachen, bis ich ihr von dem Traum erzähle, wo wir in Argentinien gwesen sind. Ich erzähle ihr, dass er weiß was ich mache, er verfolgt mich sozusagen, jedoch meint Denno er würde auf mich auf passen wollen.

„Also hast du versucht wieder von ihm zu träumen?", fragt Nala mich belustigt,

„Ja", gebe ich ihr verschämt als Antwort zurück,

„Hast du es geschafft?",

„Nein... Warte mal, so weit war ich gar nicht. Ich habe dir noch gar nicht erzählt dass ich ihn wirklich gesehen habe, also in Echt.",

„Was? Das ist doch ein Witz?",

„Das ist ja das eigenartige und der Grund weshalb ich wieder versuche von ihm zu träumen!", so führe ich meine Erzählung fort. Wie ich ihn eines Abends in einer Bar an der Theke gesehen habe und im Glauben gewesen bin ich befinde mich in einem Traum. Auch erwähne ich, dass er am nächsten Tag vor mir gestanden hat und mich abgewiesen hat.

„Seit dem versuche ich wieder von ihm zu träumen...", beende ich die Geschichte. Während ich Nala alles erzählt habe, habe ich mich nicht getraut sie anzuschauen, nachdem sie

angefangen hat mich auszulachen, doch jetzt wo ich in ihr perfekten Gesicht schaue, sehe ich in eine verwunderte Nala.
Dieses Schweigen zieht sich viel zu viel in die Länge, dass ich nun Angst bekomme, aber Nala lächelt kurz auf als ihr ein Gedanke einfällt,
„Du weißt doch dass man sagt, dass Träume das Gegenteil bewirken, oder?". Sie hat Recht, daran habe ich gar nicht gedacht.
„Amaya, du wünschst dir wahrscheinlich das dein Liebesleben so wie in deinem Traum läuft. Vielleicht vermisst du Luis, vielleicht ist es zu wenig was er dir gibt, ich weiß es nicht. Nur, finde ich es merkwürdig, dass es diesen Denno tatsächlich gibt. Versuche noch mal mit ihm zu reden, vielleicht hat er auch ein kleines Geheimnis, anscheinend muss er dich kennen wenn er dich direkt abweist." Nalas Worte wiederholen sich abermals in meinem Kopf, bis sich meine Augen erschöpft schließen. Ich muss die vielen Fragen in meinem Kopf bearbeiten.
Ich verbringe noch ein paar Tage in Deutschland, bevor es wieder nach New York geht. Die Zeit mit Luis genieße ich am meisten, er schenkt mir so viel Liebe und Zärtlichkeit, dass es schon weh tut daran zu denken, dass ich bald wieder in New York sein werde, ohne ihn.
Am Flughafen verliere ich viele Tränen an Luis Schulter und lasse ihn ungern los. Ich bin viel zu

weit gekommen, um jetzt aufzugeben, nur weil mich jemand verletzt hat, auch wenn dieser jemand Denno ist.

„Ich vermisse dich", flüstere ich Luis zu und gebe ihm einen sehnsüchtigen Kuss, den er ohne zu zögern annimmt.

Als ich die Luft New Yorks einatme überkommt mich das Heimweh. Ich möchte nicht hier sein. Ich entschuldige mich zu aller erst bei Sharin und Lovely, die so geduldig mit mir sein mussten vor meiner Auszeit in Deutschland. Lustlos arbeite ich an meinem Projekt, ich spüre keine Leidenschaft mehr. Mein Herz ist in Deutschland und ich wünsche mir Luis bei mir, denn er schenkt mir Geborgenheit, welches ich zur Zeit so sehr brauche. Jeden Tag wache ich mit einem trüben Gesicht auf und kämpfe mich durch den Tag, ein Tag kommt mir vor wie ein Jahr. Oft weine ich mich in den Schlaf und will am liebsten nicht mehr aufwachen.

An einem regnerischen Tag fahre ich in ein Kunstmuseum, da ich einfach keine Ideen habe, liegt wohl an meiner Demotivation. Mit gekränktem Gesicht schlendere ich die Gänge entlang und schaue mir die Kunstwerke an. Plötzlich laufe ich in die Arme eines bekannten Geruchs, der meine Sinne verführt. Aus Reflex hätte ich beinahe diese unbekannte Person umarmt, da es sich nach zu Hause anfühlt. Ich erwache aus meinen Gedanken und schaue in diese wunderschönen Augen. Mir kommen die Tränen, versuche diese dennoch zu unterdrücken, so dass ich nicht mehr klar sehen kann. Unauffällig wie möglich wische ich mir das Hochwasser in meinen Augen weg und erschrecke wie ich Denno vor mir stehen sehe. Er guckt mich verwundert an, dann aber mit einem verhassten Blick und möchte weiter gehen. Ich halte ihn am Arm fest, so dass er gezwungen ist stehen zu bleiben,

„Was?", zischt er mich nervend an,

„Was hast du gegen mich? Was habe ich dir angetan, dass du mich so hasst?", ich denke nicht viel nach, sondern stelle ihn sofort zur Rede. Denno versteht nicht so ganz was ich ihm damit sagen möchte, da er mich mit einem verwirrten Blick anschaut. Doch er geht weiter, nachdem er sich von meinen Griff befreit hat, was ihm nicht schwer fällt. Ich werde einfach nicht schlau aus dem Jungen.

„Vergiss ihn", sage ich mir aufmunternd und begebe mich auf den Weg nach Hause, wobei ich spüre, dass mich jemand beobachtet.

Die nächsten Tage fühle ich mich unterwegs ständig beobachtet und schaue immer wieder beängstigt um mich her. Zwei Tage vor dem Halbfinale rufe ich am Abend Luis an. Es hat mir, dass Herz zerrissen, wie er fröhlich ans Telefon geht und mich mit 'Schatz' begrüßt, jedoch ist es nicht fair ihm gegenüber. Meine Gedanken sind nur noch bei Denno, auch wenn ich so oft versuche ihn aus meinem Kopf zuschlagen. Luis hat es definitiv nicht verdient ausgenutzt zu werden. Also, fasse ich mich kurz am Handy und sage ihm, dass ich nicht mit ihm zusammen sein, er will es nicht glauben und fragt die ganze Zeit nach, was er falsch gemacht hat, ob er zu mir kommen soll, aber ich will nicht. Mitten in seinem hilflosen Gerede lege ich auf, ich habe einfach keine Kraft. Die Leere in mir wird immer Größer und selbst Luis kann es nicht auffüllen. So lege ich mich schlafen.

Am nächsten Tag habe ich noch viele kleine Einzelheiten zu erledigen, als diese auch geschafft sind, verabrede ich mich mit Sharin und Lovely in einem Café, um zu entspannen und mit der Hoffnung dass ich wieder etwas lebhafter werde. Seit meiner Ankunft in New York habe ich kaum von den beiden gesehen, gehört oder sonst was. Es ist aber auch kein Wunder, denn Sharin ist nur noch mit Raj beschäftigt und Lovely grinst dank Chris nur noch vor sich hin. Wieso kann es bei mir nicht so einfach sein? Im Café reden wir viel. Hauptsächlich schwärmen sie nur und erzählen von ihren tollen Dates. Jedes zweite Wort ist Raj oder Chris. Ich fühle mich wieder einmal fehl am Platz. Für einen kurzen Moment vergesse ich den

Stress in meinem Geist, aber wie gesagt nur für einen kurzen Moment. Denn wie in den letzten Tagen auch spüre ich einen Blick auf mir brennen. Ich durchsuche mit meinen Blicken das ganze Café, bemerke allerdings nichts auffälliges. Egal was ich mache, um mich abzulenken bringt nichts, ich bin zu schwach. Ich entschuldige mich bei Lovely und Sharin und verschwinde aus dem Café. Sharin und Lovely schauen mich fragend an, sagen aber nichts. Die beiden verliebten begeben sich direkt in ihr mittlerweile Lieblingsthema, nämlich Raj und Chris.
Ich brauche Kraft!
In einer Kirche knie ich mich ganz vorne hin und beginne mit Gott zu sprechen, irgendwann auch mit meinen Eltern, auch da spüre ich, dass mich jemand im Auge hat. So langsam macht es mir Angst und ich gehe nach Hause. Wie kann man sich nur so leblos fühlen?
Es ist wieder so weit, dass wir unsere Projekte vorstellen sollen. Ich bin mir so was von sicher, dass ich diesmal raus fliegen werde, da ich kein bisschen von meinem Ergebnis begeistert bin. Nun sitze ich in der Garderobe an meinem Schminktisch und sehe im Spiegel traurige Augen, die nicht mehr glänzen, einen hängenden Mund, der kraftlos scheint. Ich schaue in den Spiegel und zwinge mich, wie immer, zu lächeln, doch es klappt nicht. Selbst bei so viel Schminke, die ich

aufgetragen habe, sieht man, dass ich unglücklich bin. Die anderen werden denken, es ist die Angst vor dem Aus. Meine Haare sind zu einem Pferdeschwanz zusammen gebunden, bei dem Ganzen Chaos in letzter Zeit, habe ich völlig vergessen beim Friseur vorbei zu schauen, um mir meinen Ansatz nach zu färben. Mein schwarzes Kleid mit langen Ärmeln und gepushten Schultern, glänzt auch nicht an mir und das nur wegen meiner schlechten Laune. Beim Halbfinale und Finale werden wir aufgenommen und kommen ins Fernseher. Selbst das reizt mich nicht aus meiner verkorksten Welt heraus. Was mir ein Lächeln auf den Lippen gesetzt hat an dem Abend, als ich in das Publikum schaue und Nalas, Elisas, Josés, Luis und Frau Violas Gesichter gesehen habe. Man sieht Luis an, dass er es immer noch nicht glaubt, dass es Aus ist zwischen uns, erst Recht nicht als er mein Lächeln wieder gesehen hat. Dabei habe ich immer noch nicht auf seinen Brief geantwortet. Bei deren Anblick spüre ich wie mein Herz wieder aufblüht. Sie sind alle zusammen, nur für mich, gekommen, um bei mir zu sein, um mir Kraft zu geben. Gott hat mich erhört und sie alle zu mir geschickt, sie sind meine Kraft. Die Wolke über mir, die ich seit Wochen mit mir trage ist verschwunden und die Sonne scheint wieder. Ich schaue zu Nala und deute zu Denno, damit sie Bescheid weiß. Als ich

zu ihm schaue, sehe ich dass er mich schon längst anstarrt, so weiche ich meinen Blick schnell wieder aus.
Wie peinlich!
Dem entgeht, aber auch gar nichts. Luis pustet mir einen Kuss zu, den ich mit einem Lächeln empfange, es tut so gut. Ich schaue wieder zu Denno, der Luis einen verhassten Blick schenkt, weshalb auch immer. Was interessiert ihn das?
Der Saal fängt förmlich an zu beben, als die Jury sich auf die Bühne begibt, die Menge applaudiert und jubelt. Es kommen etliche viele lange Reden, die mich müde machen und mich vergessen lassen, dass ich gerade vor einer Entscheidung stehe, ob ich weiter komme oder nicht, denn es kommen nur vier von zehn Teilnehmer weiter. Meine Aufmerksamkeit kehrt erst zurück, als es soweit ist, wer aus scheitert und wer noch weiter im Rennen ist. Wie man es so kennt, versucht der Moderator es so spannend wie möglich zu machen und zögert es so in die Länge. Den Teilnehmern bleibt das Herz fast stehen, manche werden kreide bleich oder fangen an zu zappeln, wie Fische ohne Wasser, vor Aufregung.
Sharin ist die erste die gehen muss. Erst einmal habe ich gedacht ich hätte falsch gehört, doch sie ist tatsächlich raus. Sie ist zwar traurig, aber nicht so sehr wie ich es wäre, denn sie kann noch lächeln und genießt das Applaus der Menge. Sie

braucht auch gar nicht mehr gewinnen, ist Sharin selbst der Meinung. Einige Designer wollen mit ihr zusammen arbeiten, daher ist der Kampf am Wettbewerb nicht umsonst gewesen. Ganz im Gegenteil, sie selber hat sich schon als Gewinnerin gesehen. Sie hat Raj kennen gelernt und die Ehre mit vielen Designer in Zukunft zu arbeiten. Ein kleines bisschen von ihr Glück könnte ich auch gebrauchen. Wenn sie als erstes gehen muss, muss ich die nächste sein die geht. Als der nächste Name fällt will ich vortreten, weil ich der festen Überzeugung bin das ich auch nach Hause muss. Doch es fällt der Name jemand anderes in den großen Saal. Langsam verliere ich die Kontrolle über meinen Körper, weil ich vor lauter Aufregung zittere, denn wir stehen nur noch zu fünft. Lovely, Denno, eine weitere Teilnehmerin und Teilnehmer und ich. Entweder Denno oder ich sollen raus, denn ich ertrage seine Anwesenheit in meiner Nähe nicht mehr. Unauffällig wie möglich schiele ich zu ihm rüber, wo ich dann merke, dass er mich schon, wie die vielen Male vorher, schon anschaut. Ich werde einfach nicht aus ihm schlau, er will dass ich ihm aus dem Weg gehe, aber er darf mich stundenlang betrachten als sei ich ein Kunstwerk. Ich widme meine Aufmerksamkeit des Geschehens auf der Bühne da fällt Lovelys Name in den Raum. Nicht nur ich stehe den Tränen nah,

auch Lovely, doch sie wischt sich kleine Tröpfchen weg und lächelt stolz. Sie ist doch diejenige gewesen, die am meisten Angst hatte nach Hause geschickt zu werden, aber das hat sich wohl geändert. Sie hat nun Chris, sie ist nicht mehr alleine und somit nicht mehr auf den Gewinn angewiesen.
Das ist alles so unfair! Wieso ist mein Leben so kompliziert? Meine New Yorker Freundinnen haben ihre Liebe des Lebens gefunden. Sie haben einen Halt, sie haben jemanden der für sie da ist. Ich brauche das auch, aber nein, der Mann den ich liebe gibt es nur in meinen Träumen und der Mann der mich will, würde ich nur ausnutzen. Ich schaue zu Luis, er tut mir so gut, aber mein Herz ist nicht da, wenn wir zusammen sind.
Obwohl nun feststeht wer die Finalisten sind, unter anderem ich, freue ich mich gar nicht, sondern schaue traurig zu Sharin und Lovely, die bei Raj und Chris hinter der Bühne stehen und mir zu applaudieren. Nala, Elisa, José, Luis und meine Frau Viola jubeln so laut sie können mir zu, was mir ein Lächeln auf mein trübes Gesicht zaubert. Nachdem man uns, den Finalisten, fertig applaudiert hat, will ich von der Bühne gehen, doch Ian kommt zu mir legt seinen Arm um mich und fragt ins Mikrofon, was ich glaube wie es weiter geht. Total überrumpelt beginne ich zu stottern. Mir fehlt die Kraft zu reden, vor allem

vor Tausenden von Menschen. Ich schnappe tief Luft und sage das ich mich einfach überraschen lasse, denn ich stehe auf Überraschungen.
So eine Lüge!
Ganz im Gegenteil, ich hasse Überraschungen! So erzählt er, dass wir vier in Gruppen arbeiten werden.
„Lea und Jon sind ein Team, dass heißt, wenn sie gemeinsam das letzte Projekt meistern, sind die Beiden unsere Sieger, doch wenn Amayas und Dennos Werk uns alle umhaut, sind sie unsere Gewinner", erzählt Ian stolz durch das Mikrofon der Menge, die sofort anfängt zu applaudieren und zu jubeln.
Ich fasse es nicht, dass kann doch jetzt kein Zufall sein, dass ich auch noch mit ihm zusammen arbeiten muss. Kann diese, nennen wir es mal, Katastrophe noch schlimmer werden? Er hasst mich, warum auch immer, und ich bin genervt von ihm, auch wenn mein Herz jedes mal wenn ich in seine Augen schaue, Luftsprünge macht. Wie sollen wir jetzt bitte zusammen arbeiten?
Kurz bevor mir eine Träne der Verzweiflung entweicht, schaue ich zu Nala, die schon längst mitleidend zu mir schaut. Ich ertrage das alles nicht mehr und gehe von der Bühne, nein, ich bin gelaufen. Ich bin von der Bühne weg gelaufen. Wie schwer will man mir das Leben noch machen?

Die Zukunft gehört denen, die an die Schönheit ihrer Träume glauben.
  -*Eleanor Roosevelt*

11

Einen lauten Schrei lasse ich auf dem Gang unterwegs in mein Hotelzimmer los. Wegen meinen Tränen sehe ich nichts mehr, die Tränen verraten, dass ich verletzt bin. Auch wenn ich förmlich gelaufen bin und es kein weiter Weg ins Zimmer ist, habe ich das Gefühl ich bin seit Stunden am Laufen, meine Beine sind so schlapp und schmerzen.
Hinter mir knalle ich die Tür laut zu und schmeiße mich auf das Bett. Ich lasse meine Verzweiflung raus, indem ich schreiend weine. Wieso macht man mir alles so schwer? Was habe ich getan, außer zu lieben? Ist das denn so viel verlangt?
Irgendwann klopft es an der Tür und da ich nicht klar denken kann, ob ich nun die Tür öffnen soll oder nicht, denn außer Nala kann es niemand sein, reiße ich einfach genervt und verheult die Türe auf.
Vor mir steht nicht Nala.
Verschämt wische ich mir die Tränen weg und tu so als sei ich müde.
Luis ist da.
„Was ist passiert?", fragt er entsetzt. Tja, es hat wohl nicht geklappt ihm etwas vor zu machen, dann versuche ich mich halt raus zu reden.
„Ach nichts, dass sind die Kopfschmerzen",

„Kopfschmerzen? Das sieht nicht aus wie Kopfschmerzen." Er zeigt auch mein verschmiertes Make-up.
Wieso muss er nur so aufmerksam sein?
„Es ist alles in Ordnung Luis. Ich verstehe gar nicht wieso du überhaupt hier hin gekommen bist, es ist aus zwischen uns Luis, falls wir eine Beziehung hatten. Meine Gefühle...",
„...sind durcheinander. Wir haben uns lange nicht mehr gesehen oder... gespürt", unterbricht mich Luis und küsst mich fordernd.
Auch wenn ich ihn nicht liebe, es tut so gut Liebe zu spüren, so in den Arm genommen zu werden wie Luis es tut, obwohl ich mir insgeheim Wunsche Denno wäre es, der mich jetzt so zart berührt.
Ich schließe meine Augen und gehe auf Luis Kuss ein. Der Kuss wird immer intensiver, so dass wir schwer atmend uns kurz trennen, um uns die Klamotten so schnell wie möglich vom Leib zu reißen. Unsere Lippen finden direkt danach wieder zu einander. Langsam gleitet Luis mit seinen Händen von meinem Rücken zu meinem Po, den er ruckartig festhält und mich dann hoch hebt. Er trägt mich zum Bett, wo er mich dann wie das wertvollste der Welt auf das Bett legt, jedoch ohne sich von meinen Lippen zu trennen. Meine Gedanken kreisen nur um Denno. Es ist falsch, so was von falsch, Luis so etwas an zu tun. Wir

küssen, berühren, verwöhnen und lieben uns. Schwer atmend wälzen wir uns stundenlang im Bett herum. Es würde mich nicht wundern, wenn jemand aus dem Nachbarzimmer kommt und sich beschwert, da wir so laut sind. Vielleicht mag Luis Recht haben, dass ich ihn vergessen habe, weil er nicht mehr bei mir ist, denn sonst würde ich nicht sehnsüchtig die Geduld verlieren und mich auf ihn setzen, welches er mit einem kurzen Aufstöhnen genießt.
Ich muss mich damit abfinden, dass Träume nur Träume bleiben und die Realität etwas ganz anderes mit einem vor hat. Allerdings fällt mir am Morgen auf, dass ich gar keine Träume mehr habe. Luis hält mich fest in seinen Armen, so dass ich kurz meine Augen wieder schließe. Später werde ich durch lauter Küsse an meinem Hals und meiner Schulter wach. Endlich beginnt der Tag wieder mit einem Lächeln.
Luis und ich kommen als letztes zum Frühstücktisch in das Restaurant des Hotels. Alle anderen, José, Nala und Elisa, sitzen schon am riesigen bedeckten Tisch und staunen als sie uns Hand in Hand kommen sehen. Es ist mir unangenehm, denn ich fühle nicht so wie Luis. Ich habe nur Denno im Kopf. Mein Blick schweift über das ganze Restaurant und bemerke, dass Denno in einer Ecke mit einer schwarzhaarigen Frau sitzt. Obwohl ich gar keinen Grund habe eifersüchtig zu

werden, denn er gehört nicht zu mir, werde ich es. Aus Trotz halte ich Luis Arm fester und schmiege mich an ihn. Bevor ich ihn überhaupt gesehen habe, hat er mich schon im Visier. Ich werde einfach nicht aus ihm schlau, aber das soll mir egal sein. Er hat mir klipp und klar gesagt, dass er nichts von mir wissen will, trotzdem frage ich mich immer wieder, wieso er mich im Auge behält. Wir setzen uns am Tisch und beginnen vom vorigen Tag zu reden. Paar Minuten später gesellen sich Sharin, Raj, Lovely und Chris zu uns und wir frühstücken gemeinsam.
Nachdem Frühstück heißt es auch wieder Abschied nehmen, denn Nala, José, Elisa und Luis fliegen wieder nach Deutschland. In Luis Armen sauge ich seinen Duft tief ein, mit der Hoffnung es bringt mir Kraft die nächsten Wochen zu überleben. Und so geht mein Glück davon.
In der selben Nacht beginne ich zu meditieren. Auch wenn Lovely und Sharin nun nicht mehr im Wettbewerb dabei sind wohnen wir gemeinsam. So bald es ein Ende hat, werde ich wieder nach Deutschland fliegen und mich in Luis Armen einkuscheln, denn mit Denno gemeinsam etwas auf die Beine zu stellen wird mehr als nur kompliziert sein. Ich lasse meine Gedanken frei in Lauf, ich konzentriere mich nur auf meinen Atem. Die Kraft die bei jedem Atemzug in meinen Körper eindringt spüre ich, es macht mich stärker. Diese

Kraft werde ich auch ab morgen brauchen. Die Meditation tut mir sehr gut, an nichts zu denken und diese Verwirrungen zwischen Irrealer und realer Welt geht mir aus dem Kopf. Es gibt keinen Grund mehr, an Denno zu denken. Träume bleiben eben nur Träume, erst Recht, wenn es um Liebe geht. In echt ist es Luis. Er nimmt mich sanft in die Arme und lässt es mich spüren. Er liebt mich als gäbe es kein Morgen. Mit den Gedanken an Luis schlafe ich ein und wache genervt mit den Gedanken an Denno auf.
Da ich mich mit ihm in einem Café zu nächst einmal treffe um unser Vorgehen zu besprechen mache ich mir nicht die Mühe mich auf zu -brezeln, erst Recht nicht wegen ihm! Meine Haare knote ich irgendwie zu einem Dutt, trage ein wenig Mascara und Lippenstift auf. Außerdem trage ich ein Long-Shirt und wilde Stiefel. Das ist sogar zu schön, dafür dass ich mich mit ihm treffe.
Wir haben uns zum Frühstück verabredet, ich habe Angst vor dem wie er mit mir umgeht, so bestelle ich direkt bei meiner Ankunft ein Omelett mit Orangensaft. Weder eine Begrüßung noch schaue ich ihn an.

„Dir auch guten Morgen", kommentiert er mein Ankommen.

„Ich hoffe nur für dich das wir gewinnen", zische ich ihn an und schlürfe aus meinem

Strohhalm.

„Das hoffe ich für dich auch",

„Hör mal, Denno, keine Ahnung was du für ein Problem hast, aber deine Art kotzt mich an!",

„Deine auch."

Totenstille.

„Wieso hast du mir das angetan?", fragt er mich mit einem schmerzendem Ton in seiner Stimme. Anstatt mich mit der Frage zu befassen werde ich zorniger und lege nun alle Karten offen,

„Weißt du eigentlich was für eine Enttäuschung du für mich bist?
Ich habe ständig nur von dir geträumt, alles war so echt. Alles war so perfekt, du warst perfekt. Dachte ich zumindest. Du hast mir die Welt zu Füßen gelegt, mich so zart berührt, ich kriege immer noch Gänsehaut wenn ich daran denke, weil es so unglaublich war.
Manchmal habe ich extra irgendeine Dummheit gemacht, weil ich wusste ich werde dich im Schlaf wieder sehen, denn ich wollte dich um jeden Preis wieder sehen. Ich wollte dich rund um die Uhr bei mir haben. Es hat mein Herz berührt, du hast mein Herz berührt. Verstehst du was ich sage?
Ich habe mich in meinen Traum verliebt, doch du bist verschwunden, kommst wieder, wenn ich etwas getan habe was nicht richtig ist, wie betrunken sein oder so.
Ich habe mir jeden Tag so sehr gewünscht, dass

es echt ist, ich habe es mir im Echten Leben gewünscht, so sehr, dass ich mich freiwillig betrunken habe, nur damit ich wieder in deinen Armen sein kann, damit ich nur einen Kuss von dir kriege. So verrückt war ich nach dir, vielleicht bin ich es sogar immer noch. Es war so schlimm, dass ich nur noch von dir abhängig war. Nur wusste ich nicht, ob ich von dir oder vom Traum abhängig war, kann auch sein von beides.
Es konnte so nicht weiter gehen. Ein Traum ist ein Traum und ich musste mich an das Reale binden. Ich durfte nicht von dir abhängig sein, ich konnte einfach nicht mehr!" erzähle ich ihm aufgebracht, fast schon schreiend, denn jeder schaut uns an und wahrscheinlich glauben die ich bin verrückt.

„Denno, ich habe angefangen dich zu lieben, wirklich zu lieben, nicht den Traum wo es nur uns beide gibt, sondern dich. Alles hat sich nur noch um dich gedreht, obwohl jemand anderes mich wollte. Und weißt du was?
Ich habe in Argentinien einen drauf gesetzt und mit Fremden geküsst, nur damit du aus meinen Gedanken verschwindest. Erst da habe ich mich auf Luis voll und ganz konzentrieren können, aber nein, als sei dass nicht schon schwer genug, gibt es dich tatsächlich.
Du sitzt tatsächlich vor mir und siehst genau so aus wie in meinem Traum, auch deine Stimme, dein Duft, alles. Und was hast du gemacht? Du

hast mich, aus unerklärlichen Gründen, abgewiesen.
Die letzten Tage und Wochen habe ich gelitten, mir tat alles weh, ich wollte wieder zurück in den Traum, jedoch hat es nicht funktioniert. Egal was ich versucht habe, es ging einfach nicht. Diese Verzweiflung hat mich fertig gemacht.
Auch Luis konnte ich nicht mehr in die Augen schauen, weil ich nur an dich denken musste. Ich tue es immer noch.
Am Abend des Halbfinales wusste ich, es kann so nicht weiter gehen. Wie eine Irre war ich abhängig von dir, ich glaubte ich sei nur durch dich glücklich. Bei jeder Erinnerung an dich musste ich lächeln.
Ich habe mein Herz Luis gegeben, denn er beschützt es im Gegensatz zu dir. Er schenkt mir Liebe, die du mir nur im Traum geben konntest!", und dann komme ich nicht mehr weiter. Mein Atem ist schneller, als sei ich gerade einen Marathon gelaufen.
Zum Abschluss bevor ich aufstehe und nach Hause laufe schenke ich ihm einen wütenden Blick, um noch etwas zuzufügen,

„Ich bin viel besser dran ohne dich!" und laufe aus dem Café raus. Soll er doch die Rechnung bezahlen.
Zu Hause lege ich mich erst einmal ins Bett und lass alles noch mal in meinen Gedanken

geschehen.
Es hat gut getan ihm direkt in die Augen zu schauen und meine Meinung zu allem zu sagen. Mit einem Lächeln, was bestätigt, dass ich stark war drehe ich die Musik laut auf und mache mir einen schönen Tag, denn morgen muss ich denn Tag mit ihm verbringen, aber dass macht mir jetzt wo ich mein Herz ausgeschüttelt habe nichts mehr aus.
Die nächsten Tage verlaufen, dank meiner klaren Ansage, sehr friedlich. Wir beide sind mit unserer Planung zufrieden. Lovely packt zur Zeit ihre Sachen, da sie mit Chris zusammen ziehen wird. Außerdem sehe ich Sharin und Lovely kaum, da ich jeden Tag mit Denno von morgens bis abends arbeite. Mit Denno rede ich nichts privates, wenn geredet wird, dann nur vom Projekt, denn es ist uns beiden sehr wichtig. Auch wenn ich am liebsten abbrechen und wieder zurück, nach Deutschland, fliegen möchte. Nala ruft mich jeden Abend an und fragt nach ob alles okay ist, ich bestätige ihr, dass sie sich keine Sorgen machen braucht und ich alles im Griff habe. Denno verschwindet aus meinen Gedanken, zwar habe ich noch immer ein merkwürdiges Gefühl im Bauch wenn ich ihn sehe, doch ist es nicht das was es mal war. Luis überhäuft mich mit Liebe, manchmal kriege ich das Gefühl irgendwann mal zu ersticken.

Fünf Tage vor dem Finale ruft mich Nala an und Luis ist auch bei ihr. Beide übergeben mir gleichzeitig eine fröhliche Nachricht, dass ich, am Telefon, mit ihnen mit kreische. Sie kommen alle wieder und zwar zum Finale. Es gibt mir Mut und Kraft, noch die letzten Tage zu überstehen. Außerdem freue ich mich in Luis Armen ein zu kuscheln und Trost zu finden, wenn ich nicht gewinne.
Mit dieser fröhlichen Nachricht gehe ich auch in das Atelier, wo ich mit Denno gemeinsame arbeite. Denno schneidert schon fleißig am Kleid, während ich wieder einmal zu spät bin, doch er sagt nichts, wie immer. Stunden lang arbeiten wir wieder in totenstille, jedoch spüre ich seinen Blick auf mir Ruhen. Ich schaue so unauffällig wie möglich zu ihm rüber und sehe wie er mit nervösen Fingern arbeitet, auch wie er sich ständig auf die Lippen beißt.

„Alles in Ordnung?", unterbreche ich die Stille. Verwundert schaut er mich an und freut sich trotzdem dass ich nach frage, denn er lächelt und antwortet mir,

„Ja, alles bestens." Ich widme mich unbekümmert wieder meiner Aufgabe und im selben Moment spricht Denno mit mir.

„Oder auch nicht...".
Stille.
Ungeduldig schaue ich ihn fragend an, denn man

sieht er versucht weiter zu sprechen.
„Ich dachte mir... willst du...", stottert er vor sich herum. Er benimmt sich so als würde er gerade das erste mal ein Referat vor einer Klasse halten und ich bin die ungeduldige Lehrerin.
„Was ist?", zische ich ihn an, da endlich rauft er sich halbwegs zusammen. Er mag es wohl nicht, wenn eine Frau ihm gegenüber stärker ist.
„Vielleicht würdest du gerne... oder hast Lust... Willst du mit mir auf den Galaabend gehen?"'. Nachdem er diese Frage gestellt hat, bereue ich ihn aufgefordert zu haben weiter zu sprechen, denn ich wäre in dem Augenblick am liebsten Weg gelaufen. Ich habe den Abend drei Tage vor dem Finale völlig vergessen.
Welche Antwort soll ich ihm jetzt geben? Ich sollte nein sagen, aber ich möchte dahin. Wenn ich nicht zustimme werde ich alleine hin gehen müssen, da Luis erst am nächsten Tag kommt, dass möchte ich natürlich auch nicht. Wieso fragt er mich überhaupt? Er ist doch schließlich derjenige, der uns beiden einen Stein in den Weg gelegt hat, weshalb auch immer. Was will er damit bezwecken, wenn er mich als Begleitperson haben möchte? Lange stehe ich vor ihm wie eine Statue und kämpfe in Gedanken versunken mit meinen Pro und Kontra.

12

Seit einigen Stunden telefoniere ich mit Nala und mache mich für den Abend schick.
Meine Haare habe ich ganz glatt beim Friseur föhnen lassen, nachdem ich nach langer Zeit endlich meinen dunklen Haaransatz wieder nach gefärbt habe. Mit zwei kleinen Klammern stecke ich meine Haare etwas nach hinten, damit die Haare nicht stören, wenn ich mir mein Make-up auftrage. Es werden am Abend eine Menge Paparazzi da sein, deshalb schminke ich mich besonders glamourös und mehr, denn bekanntlich schluckt die Linse vieles weg und man sieht auf den Fotos blass aus. Wie immer, ziehe ich einen gewagten Eyeliner über meine Wimpern. Ich entscheide mich für natürliche rosa Töne meines Lidschattens. Am längsten halten mich die unechten Wimpern auf, denn ich habe nie gelernt sie aufzutragen. Wozu auch, wenn ich von Natur aus lange geschwungene Wimpern habe, doch heute ist es was anderes. Es kommt an die Öffentlichkeit, jedes einzelne Haar muss perfekt sitzen.
Nala erzählt mir aufgeregt die ersten Ansätze ihrer Hochzeitsplanung, während ich leise vor mich hin fluche wegen den Wimpern die ich mir ankleben möchte.

„Bist du aufgeregt?", fragt mich Nala, als ich es endlich geschafft habe die Wimpern richtig aufzukleben. Ich blinzle einige male und betrachte mich im Spiegel, ich sehe aus wie ein Gemälde, so anders und doch so natürlich.
„Ja", antworte ich Nala, worauf hin sie vor sich her kichert. Dabei widme ich meine Aufmerksamkeit meinen Lippen, wo ich mich nicht entscheiden kann welchen Lippenstift ich benutzen soll.
„Und wie geht es mit Luis weiter?",
„Wie soll es mit ihm weiter gehen? Wir waren uns noch einmal nah, es war nicht richtig, auch wenn ich es schön fand. Ich kann nicht mit ihm zusammen sein.",
„Ich verstehe", stimmt mir Nala verständnisvoll zu. Ich habe mich vorher nie richtig mit dem Thema um Luis beschäftigt, wie egoistisch von mir. Eine Art Schleier hat meine Augen verdeckt und ich habe somit die wirklich wichtigen Dinge nicht mehr sehen können. Ich war nur damit beschäftigt entweder Denno zu sehen oder ihn zu vergessen, aber daran zu denken, dass ich damit andere, wie Luis, verletzte, habe ich nicht. Luis hat eine Erklärung von mir verdient, dass bin ich ihm schuldig. Nach dem Finale werde ich mit ihm reden.
Letztendlich entscheide ich mich für ein mattes rosé für meine Lippen.

„Hey, ich lege jetzt auf, du musst auch langsam fertig sein, er wird sicherlich gleich da sein.", beendet Nala das Telefonat.
Vorsichtig ziehe ich mein Kleid an, es ist von meiner Mutter. Dieses Kleid hatte meine Mutter an ihrer Verlobung getragen. Es sieht wunderschön aus, sie hat es sich damals anfertigen lassen. Ein Minikleid in einem zarten rosa mit einer bodenlange Schleppe, welches mich unschuldig wirken lässt. Es passt perfekt zu meinem Make-up. Meine langen glatten Haare bedecken meine freien Schultern, die ich ein wenig Schimmern lassen habe. Jetzt wo ich meine High Heels von Luis Vuitton, die wie wilde Sandalen mit Absätze aussehen, trage, nimmt es mir die Unschuld, denn ich sehe mehr als nur sexy aus. In dem Moment als ich mich entscheide welches Parfüm ich auftragen möchte klingelt es an der Tür. Und mich überkommt eine Nervosität wie nie zuvor, zwei mal habe ich mich beinahe, unterwegs zur Tür, übergeben müssen. Förmlich reiße ich die Tür auf, denn ich drohe zu ersticken und brauche Luft, da steht er. Mein Magen zieht sich zusammen. Es bilden sich Schmetterlinge in meinem Bauch. Mir wird ganz komisch. So viele Erinnerungen werden in mir erweckt und ich befinde mich in Trance. Dieses schiefe Lächeln, mit den perfekten Zähnen. Die schönen gefährlichen Augen, rauben mir meinen Atem und lassen mein Herz rasen.

Verdammt, ich habe mich völlig unterschätzt. Niemals werde ich wohl von ihm weg kommen, egal was ich tue, ich habe mich bedingungslos in ihn verliebt. Niemals könnte ich zu jemand anderem die selben Gefühle entwickeln. Es macht mich traurig und gleichzeitig traurig. So gerne würde ich zu ihm gehören. Er sieht so umwerfend aus, dass ich mich selbst nicht mehr zügeln kann, denn ich sehe nur noch vor meinen Augen lauter Szenen aus meinen Träumen wie wir uns küssten und uns liebten. Ich muss mich beherrschen, doch einen zweiten Blick auf ihn kann ich mir nicht verkneifen. In seinem schwarzblauen Smoking spüre ich meinen Herzschlag noch schneller schlagen.

„Die sind für dich", spricht er mit einer rauen Stimme und streckt mir einen weißen Blumenstrauß zu, dabei schaut er verschämt zu Boden. Ich nehme sie an und ehe ich mich bedanken kann, spricht er verlegen weiter,

„Wow! Du siehst... umwerfend aus!", nun schaue ich beschämt auf den Boden,

„Danke. Du auch. Und die Blumen auch". Schnell lege ich die Blumen in eine Vase, packe meine kleine Handtasche zu Ende und entscheide mich für ein Parfüm, dass nach Himbeere duftet. Denno betrachtet mich immer noch von oben nach unten und wieder hoch, er hält mir den Arm so hin, dass ich mich einhacken kann. Zwar

verstehe ich nicht wieso er urplötzlich so nett zu mir ist, aber okay. Diese Aufmerksamkeit von ihm genieße ich. Denn das ist das was ich so sehr an ihn liebe. Eher gesagt aus meinem Traum liebe. Er ist immer aufmerksam. Trotzdem halte ich mich zurück, auch wenn ich das Bedürfnis dazu habe mich um seinen Hals zu schmeißen, ihn zu küssen und mich an ihn zu schmiegen.
Unterwegs in das Hotel, wo die Veranstaltung stattfindet, redet niemand ein Wort. Es scheint mir so als versuche Denno mit mir ein Gespräch zu führen was ihm aber nicht gelingt.
Angekommen überkommt mich wieder eine Aufregung, denn als ich im riesigen Saal eintrete, meine Hand um Dennos Arm umschlungen, schauen alle Augen zu uns. Mir wird warm, dass Atmen fällt mir schwer. Denno bemerkt dies, er legt seine Hand um meine Hüfte und zieht mich näher an sich ran. Erstaunlicherweise beruhigt es mich. Wie im Traum.
Wieso geschehen Dinge mit mir und meinem Körper, die sonst niemand, außer Dennos Anwesenheit, schafft. Wieso ausgerechnet er? Die Schmetterlinge in meinem Bauch flatern herum. Ein Kribbeln durch fährt mich.
Der Abend verläuft friedlich, ich halte einige Interviews, ein Blitzlicht Gewitter, welches nicht mehr aufhören will lässt mich erblinden. Egal wer mit mir spricht, was um mich passiert, Denno

behält mich im Auge. Er ist plötzlich anders geworden, genau wie damals, in meinen Träumen. Er ist nun der, in den ich mich verliebt habe, nur mit einer eigenartigen Distanz. Etwas ist noch nicht ausgesprochen worden.
Meine Gedanken und mein Herz sind den ganzen Abend bei Denno, vermutlich fühlt er ebenso, denn er lässt sich von nichts und niemanden ablenken, seine Augen ruhen fest auf mir. Immer wieder wenn ich in seine atemberaubenden Augen schaue fühle ich mich beschützt. Vielleicht bin ich seinetwegen so gelassen auf der Gala.
Meine Füße fangen an zu schmerzen und ich bitte Denno mir den Autoschlüssel zu geben, da meine Ersatzschuhe in meiner sogenannten Notfall-Tasche sind, außerdem würde ich gerne nach Hause. Allerdings lässt er mich, wie erwartet, nicht alleine gehen und begleitet mich.
Am Auto ziehe ich mir mühevoll die Schuhe aus und strecke erst einmal meine Füße die wie alte Rosinen aussehen, bevor ich meine Ballerinas anziehe, während Denno schon den Motor startet. Kaum bin ich fertig hält er auch schon an und steigt aus. Er hält mir die Tür auf und deutet mir auszusteigen. Mit schmerzenden Füßen nehme ich es an. Neugierig erkunde ich wo wir uns befinden. Als ich das Meer höre und die frische Luft einatme ist es unwichtig geworden. Meine schmerzenden Füße vergesse ich auch.

„Es ist sehr schön hier", kommentiere ich,
„Ja das ist es. Ich bin oft hier, zum ausruhen, nachdenken oder einfach Zeit zu verbringen. Es schafft mir einen klaren Kopf", erzählt er mir, dabei legt er mir eine Jacke um meine Schultern. Er hat mir noch nie so viel von sich erzählt, vermutlich habe ich diese Nacht die Chance alles von ihm zu erfahren. Erinnert er sich auch an unsere Zeit in den Träumen? Er muss mich von seinen Träumen kennen, wenn er mich sofort abweist. Ich muss es endlich erfahren, sonst bleibt diese unangenehme Distanz für immer. Eine Bank steht zum Meer gerichtet. Der Schmerz in meinen Füßen macht sich wieder bemerkbar. Nach dem ich mich hingesetzt habe nimmt Denno neben mir platzt. Er schaut entspannt zum Meer.

„Wieso hast du mich anfangs gehasst?", beginne ich, denn meine Geduld ist überspannt. Andere Worte sind mir nicht eingefallen.

„Gehasst ist untertrieben.", knurrt Denno. So schlimm? Er macht mir Angst, doch schaue ich ihn auffordernd an, er soll mir auf der Stelle sagen, was sein Problem mit mir ist.

„Ich habe dich geliebt und gleichzeitig mehr als nur gehasst. Ungefähr so wie du für mich fühlst?" Woher weiß er wie ich für ihn fühle? Außerdem hasse ich ihn doch gar nicht, ganz im Gegenteil, ich bin verrückt nach ihm!

„Meine Ansicht kennst du schon." zicke ich ihn an, mit der Hoffnung er erzählt mir mehr.

„Du warst so zwiegespalten. Ich wusste gar nicht wo ich bei dir dran war", beginnt er. Endlich!

„Was habe ich dir angetan?", frage ich ihn direkt, ich habe einfach keine Geduld.

„Du hast mich gehasst." Ich muss schlucken.

Das kann nicht sein! Er lügt doch! Wie soll ich ihn hassen, wenn er mir die Welt zu Füßen gelegen hat?

„Immer wenn ich, zum Beispiel, eine gute Note in der Schule hatte, habe ich von dir geträumt. Ich kann mich noch ganz genau an meinen ersten Traum mit dir erinnern. Du hast mich gemobbt. Du hast mich mit deinen Freundinnen geschubst und ausgelacht, meine Kaugummis geklaut. Ich war acht Jahre alt. Jedes mal habe ich geweint und bin zu meiner Mutter in der Nacht gelaufen, die mich versucht hat zu beruhigen, in dem sie sagte es sei nur ein Alptraum. Allerdings hatte ich jeden Tag diesen Traum. In meiner Theorieprüfung für den Führerschein habe ich leider nicht bestanden, dafür hatte ich Ruhe von dir.",

„Aber...",

„Ja... Du warst nur da, wenn ich etwas falsch gemacht habe. Was ich aber nicht

verstanden habe, egal wie fertig du mich gemacht hast, am Ende des Traumes hast du dich mit einem zuckersüßen Kuss verabschiedet und mir gesagt wie stolz du auf mich bist. Den Geschmack habe ich immer so intensiv gehabt, als sei es echt.
Ich habe angefangen dich zu vermissen, also habe ich immer gutes getan und viel geschlafen. Egal wie schmerzhaft der Anfang des Traumes wahr, für den einen kleinen Kuss am Ende hat es sich gelohnt.
Meine Mutter machte sich sorgen und schickte mich in eine Psychotherapie, weil sie dachte ich sei krank. Natürlich habe ich ihr nie von dir erzählt. Ich habe mich nicht getraut. In der Klinik habe ich mit einer Frau das erste Mal davon erzählt, sie meinte es sei ein Trauma. Mir wurde es zu viel in der Klinik, obwohl ich gesund bin, ich hatte das Gefühl ich werde verrückt, grade weil ich in der Therapie war. Also, tat ich nicht mehr das 'Richtige'. Ich wollte nur noch von dir weg. Ich war im Traum gefangen!", er atmet tief ein und wieder aus. Er wirkt so mitgenommen. Welch eine Symphonie...
Ich komme nicht mehr aus der Fassung. Mein Mund steht offen, meine Augen weit aufgerissen und einen fest sitzenden Blick in die Leere. Auf solche Informationen bin ich nicht gefasst gewesen.

„Hallo? Bist du noch da?", huscht Denno mit seiner Hand vor meinen Augen. Ich löse meinen Blick und sehe ihm in die Augen.
„Und dann?", frage ich ihn.
„Und dann?",
„Was ist dann passiert?",
„Nichts besonders. Ich habe halt alles dafür getan dich zu vergessen. Ich habe dich vermisst, aber gleichzeitig auch gehasst, dass du mir in meinem Leben im Weg standest. Ich bin zwei mal sitzen geblieben, deswegen. Wie hättest du dich gefühlt?"
„Deshalb hast du mich abgewiesen?"
„Ja."
Wir sitzen schweigend auf einer Bank. Ich habe alles erfahren, was ich erfahren wollte. Wo ich mich gefreut habe, dass es ihn tatsächlich gibt, ist er wütend gewesen, weil er denkt ich würde ihm sein Leben wieder schwer machen.
Und jetzt? Wie soll es jetzt weiter gehen? Ist die Symphonie hier ausgesprochen und wir gehen uns aus dem Weg oder fängt sie erst richtig an?
„Komm wir spazieren ein wenig", schlägt Denno vor, er steht auf und hält seine Hand zu mir. Ich lege meine Hand in seine und stehe auf. Doch plötzlich geht alles so schnell. Urplötzlich sind seine beiden Hände an meine Taille und ziehen mich an ihn. Ich habe einen süßen Geschmack auf meinen Lippen. Seine Hände

wandern zu meinem Gesicht, die mich behutsam fest halten. Er hört nicht mehr auf mich zu küssen und ich kann mich nicht zurück halten.
Ich will auch! Ich will es schon die ganze Zeit! Seine Zunge dringt in meinen Mund durch. Beide Zungen beginnen zu tanzen. Es fühlt sich an wie ein Traum. Wie mein Traum, den ich mir immer in Wirklichkeit gewünscht habe. Und da ist der. Es ist echter als echt! Wir stehen da und küssen uns, wir denken nicht mal daran aufzuhören, denn wir beide haben sehnsüchtig gewartet. So viele Jahre und so viel Schmerz haben wir mit uns getragen, um diesen Moment auszukosten.Wir haben auf diesen Augenblick gewartet.
Denno löst sich, gegen seinen Willen, von meinen Lippen und keucht auf.

„Ich wollte nur wissen, ob du wirklich so schmeckst wie in meinem Traum", er schmunzelt und grinst frech.

13

Ich muss lachen.

„Und?", frage ich belustigt.

„Sogar besser", knurrt er und begibt sich wieder meinen Lippen.

„Amaya!", brüllt mich Sharin an,

„Wach auf!", schreit sie weiter. Benommen öffne ich mit einem Lächeln meine Augen und hüpfe direkt aus dem Bett.

„Warum so fröhlich?", lächelt Sharin mich freudig an. Meine gute Laune verstummt. Aber... Ich setze mich wieder hin. War es wieder nur ein Traum?

„Hast du deine Tage?",

„Was?",

„Du bist so komisch Amaya. Vor zwei Sekunden hast du noch gelacht und jetzt sitzt du wieder da, als sei jemand gestorben. Ist was passiert?",

„Nein, schon gut.", beende ich dieses unangenehme Gespräch und begebe mich ins Badezimmer.

Ich mache mich frisch. Im Spiegel sehe ich eine junge Frau, die völlig verzweifelt mit ihren Gefühlen kämpft. Schon wieder nur ein Traum? Mit verwirrten Gefühlen lege ich mich wieder in mein Bett und schließe die Augen. Er hat mich geküsst, er hat mir erzählt wieso er Abstand von mir gehalten hat. In dem Moment klingelt mein Handy, ohne darauf zu schauen wer anruft gehe ich dran, es kann nur Nala oder Luis sein.

„Amaya?", mein Herz klopft wie verrückt, macht Luftsprünge und jubelt.

„Ja?", antworte ich nervös, versuche dennoch locker zu wirken.

„Treffen wir uns heute? Wir haben einiges zu erledigen, nächste Woche ist es so weit."

„Äh.. ja klar, ich mach mich auf den Weg". Wir legen auf und ich mache mich, wie versprochen, auf den Weg.
Was ein chaotischer Morgen.
Im Café angekommen suche ich ihn und er winkt mir zu. Er scheint ebenso verwirrt zu sein, immerhin bin ich nicht die einzige die so fühlt. Ich gehe auf ihn zu, unterwegs überlege ich wie ich ihn begrüßen soll, Hand geben oder lieber nicht. Ich bin völlig durcheinander.
Wir stehen gegenüber einander und mustern uns an. Schon den ganzen Morgen leide ich unter 'Denno-Nervosität'. Er findet genau so wenig die passenden Worte wie ich, doch er schafft es im Gegensatz zu mir anzufangen.

„Kannst du dich an gestern erinnern?", fragt er mit einer fast flüsternden, verunsicherten Stimme. Ich weiß gar nicht, kann ich es?

„Ja?", antworte ich ihm in einem erstickendem, verunsicherten Ton. Auf einmal nimmt er mich in seinen starken beschützenden Armen, wo ich schon immer sein wollte, und drückt mir fest einen Kuss auf den Mund. Wie lange ich schon davon Träume. Vermutlich ist es das was mir heute gefehlt hat um wieder durchzuatmen, denn ich fühle mich so anders. Dieses merkwürdige erstickende Gefühl ist endlich weg. Jetzt sind jede Menge Schmetterlinge in meinem Bauch, die umher flattern, mich dennoch nicht stören wie beim letzten Mal.
„Also...",
„Nein, es war kein Traum es war echt.", unterbricht mich Denno raunend. Es macht gar keinen Unterschied ob Traum oder nicht Traum, meine Gefühle sind gleich, nur lebendiger.
Ich lebe nun meinen Traum.
Wir setzen uns. Er kann einfach nicht aufhören zu grinsen, mir geht es nicht anders und lasse mich von seinen Augen hypnotisieren.
„Okay, wir müssen uns konzentrieren", versucht er sachlich und konzentriert mir zu erklären, während ich in seinen Augen versunken bin. Wie könnte ich auch nur diesen Augen widerstehen?
„Amaya?" holt mich Denno zurück, huscht dabei mit seinen Händen vor meinem Gesicht. Er muss lachen,

„Du solltest langsam aufhören zu träumen", weist er mich belustigt hin.

So begeben wir uns, nachdem wir unsere Cappuccinos bestellt haben, an die Arbeit, denn wir wollen gewinnen! Wir haben nur noch eine Woche.

Es ist nicht einfach aus zwei unterschiedlichen Geschmäcker etwas zu erschaffen, jedoch will niemand von uns den anderen kränken und so suchen wir immer die goldene Mitte. Wir entscheiden uns für ein hoffnungsvolles grün, denn das betrifft uns beide am meisten. Wir haben immer gehofft, dass unsere Träume wahr werden. Ich beobachte immer Denno wie er arbeitet, er wirkt so glücklich und konzentriert auf das was er tut.

„Was sagst du zu dem Stoff?", fragt er mich und ich tue so als würde ich mich auch konzentrieren.

Erwischt.

Er grinst und schlingt seine Arme um meine Taille. Verlegen spiele ich an meinen Ärmel herum. Ich weiß gar nicht wie man die Beziehung zwischen uns bezeichnen soll. Sind wir ein Paar? Da fällt mir Luis ein. Oh nein! In fünf Tagen kommt er mit Nala, José, Elisa und Frau Viola. Mein Herz zieht sich bei dem Gedanken zusammen.

„Der Stoff gefällt mir", antworte ich und löse mich gegen meinen Willen von seinen Armen.

„Alles okay?", fragt er mich. Ich kann ihm, jetzt wo alles gut läuft, nicht sagen, dass Luis in paar Tagen kommt wegen des Finales.

„Ja, alles gut. Ich bin nur ein wenig aufgeregt", lüge ich, ohne es mir anmerken zu lassen.

„Wir schaffen es"", muntert er mich auf. Seine Worte in Gottes Ohr.

Der Countdown läuft!

Nur noch drei Tage.
Denno und ich verabreden uns gemeinsam, um die letzten Einzelheiten unseres Projekts zu bearbeiten. Er ist derjenige mit den ruhigeren Fingern, bei mir hat sich die Aufregung breit gemacht und meinen Körper in ihren Bann gezogen. Meine Finger zittern wie verrückt, ich kaue ständig an meinen Nägeln bis sie blutig werden. Denno versucht mich ständig zu beruhigen, doch selbst das funktioniert auch nicht. Ich bin immer ruhiger bei einer seiner Berührungen geworden, leider funktioniert es nicht mehr. Die Angst zu versagen ist einfach viel zu groß. Deshalb beschließen wir, dass Denno die Korrekturen vornimmt und ich die Check-Liste durch gehe. Am Abend, nachdem wir mit allem endlich fertig geworden sind, gehen wir gemeinsam essen. Er nimmt immer meine Hand

so sanft in seine.Und ich weiß immer noch nicht was denn jetzt zwischen uns ist. Obwohl er mir seine Version der Träume erzählt hat ist trotzdem etwas unausgesprochenes zwischen uns.
Ich will ich nur ihn!

Nur noch zwei Tage.
Egal wie schön die Zeit mit Denno ist und mich vom Finale, nur halbwegs, ablenkt, übergibt mich doch die Aufregung. Ich bin so gestresst, dass ich tollpatschig werde. Meine Finger sind alle mit Pflaster umhüllt und ich kann nicht mehr essen. Es bildet sich ein Druck in meinem Kopf, der mich nicht mehr klar denken lässt. Mittlerweile stolpere ich sogar über meine eigenen Füßen. Aber Gott sei Dank rettet mich Denno. Ich sage ja, seine Arme sind beschützend.
Am Abend kommen Nala, José, Elisa, Luis und Frau Viola. Wie soll ich mit Luis umgehen? Wie wird Denno reagieren? Wann, zur Hölle, hören endlich diese Fragen auf?!
Sharin, Lovely und ich bereiten Abend essen vor, noch habe ich Denno vom Besuch nichts erzählt. Wie denn auch? Lovely und ich decken den Tisch da klingelt es.
„Ich mache schon auf!", ruft uns Sharin aus ihrem Zimmer zu. Bekannte Stimmen begrüßen Sharin herzlich und paar Sekunden später stehen Raj und Chris in der Küche. Chris begibt sich zu

Lovely und nimmt sie in den Arm. Raj hat seinen Arm um Sharin gelegt.

„Wo ist Denno?", fragt Lovely die Jungs. Wie wo ist Denno? Warum fragt sie so etwas? Verwundert schaue ich Raj und Chris an.

„Er kommt später", antwortet Raj.

„Warum?", frage ich entsetzt,

„Er hat noch etwas zu erledigen", antwortet mir Raj unbekümmert,

„Ich meinte, warum kommt er überhaupt hier hin?", frage ich, Angst und Wut sind in meiner Stimme nicht zu überhören. Lovley versteht meine Frage gar nicht und sagt:

„Na ja, deine Freunde kommen nachher nur für dich wegen des Finales. Denno und du seid ein Team, ihr werdet beide zusammen gewinnen. Also, feiern wir euch beide. Ist doch logisch."
Ich möchte weinen

„Wieso sagt ihr mir nichts?", frage ich leicht zickig,

„Wo liegt das Problem?", fragt Sharin. Stimmt, sie wissen von nichts. Es wird ja nur so sein, dass, mein keine Ahnung was, Denno und, mein Freund, Luis sich höchstwahrscheinlich gegenüber sitzen werden. Ich erinnere mich an Dennos Blicken beim Halbfinale zu Luis. So gefährlich und tödlich.

„Ach es gibt kein Problem, bin nur überrascht", antworte ich Sharin, ändern kann ich auch nichts mehr.

Es klingelt an der Tür und ich gehe sie öffnen. Nala, Elisa und Frau Viola kreischen laut auf. Luis und José lassen eine Sektflasche im Hintergrund platzen. Und ich stehe fassungslos vor ihnen. Freudig empfange ich alle mit einer Umarmung. Sharin, Raj, Lovely und Chris haben es aus der Küche gehört und sind sofort dazu gestoßen. Auch sie empfangen sie herzlich und stellen sich vor. Als alle drin sind stehe ich gegenüber Luis. Oh nein! Ich möchte weinen. Luis nimmt zärtlich mein Gesicht in seine Hände und küsst mich zärtlich, es fühlt sich aber nicht mehr gut oder richtig an, sondern falsch, so was von falsch!

„Du hast mir gefehlt", flüstert er in den Kuss.

„Lass uns rein gehen", schlage ich vor und nehme gezwungen seine Hand in meine. Die Spannung in mir wird durch die freudige Stimmung der anderen verdrängt. Wir setzen uns, Luis natürlich neben mir.

„Warum ist da ein Platz zu viel?", fragt Frau Viola, denn neben ihr also gegenüber von mir, steht ein leerer Stuhl.

„Gleich kommt Amayas Partner, Denno. Schließlich müssen beide gefeiert werden.", antwortet ihr Sharin und schenkt ihr Wein ein. So ein Glück das niemand von weiß, außer Nala, die mich mit hoch gehobenen Augenbrauen anstarrt.

Ich zucke mit meinen Schultern.
Wir beginnen mit dem Essen und plötzlich spaziert Denno in die Küche. Alle schauen ihn erschrocken an.

„Die Tür stand auf", gibt er unschuldig zu.
Er sieht so verdammt gut aus, ein Teil von mir will ihm in die Arme springen doch der andere Teil, der gezwungen ist ruhig zu bleiben schaut ihn nur mit weit aufgerissenen Augen an. Denno schaut zu mir und lächelt, bis er Luis neben mir sitzen sieht. Sein Blick wird düster. Der Blick des Grauens. Luis steht auf und reicht ihm die Hand, die Denno aus Höflichkeit an nimmt.

„Hi, ich bin Luis, Amayas Freund", stellt sich Luis vor. Oh nein, muss das jetzt sein? Dennos Blick wird noch düsterer.

„Der Platz ist für Sie", mischt sich Frau Viola ins Gespräch der beiden ein. Denno nimmt Platz, Sharin schenkt ihm Wein ein. Ich kann ihm nicht in die Augen schauen, wenn er so guckt und steche mit der Gabel auf meinem Essen herum. Ansonsten verläuft der Abend ganz okay. Na gut, die anderen allen haben gute Laune und feiern ausgiebig, ich bin traurig und möchte alleine sein. Am liebsten mit Denno, doch der ist sauer auf mich, also doch alleine.

„Was machen wir morgen?", fragt mich Nala.

„Denno und ich wollten morgen shoppen

gehen. Da wir ein Team sind dachten wir das wir ungefähr im Partner-Look auftreten", erzähle ich ihr unsicher und schaue zu Denno. Er schaut mich verwundert an, dass ich es vor Luis erwähne, doch Luis muss es natürlich wieder kaputt machen.

„Echt? Wir können doch alle zusammen morgen gehen" Dennos Blick wird wieder finster und das noch schlimmer als zu vor. Der Junge kann echt nicht mal die Klappe halten.

„Nein Luis, du kannst mit José, Frau Viola und meiner Mutter einkaufen gehen. Ich gehe mit Denno und Amaya, die beiden brauchen einen Experten", rettet Nala die Situation. 'Ich liebe dich!', schreit mein unterbewusst ihr zu. Sie ist einfach meine Heldin. Denno und ich gehen uns, den Rest des Abends aus dem Weg, obwohl wir es gar nicht wollen.

Nur noch einen Tag.
Die Aufregung kämpft sich, trotz Ablenkung, durch und ist noch viel stärker als zu vor. Ich kann nicht essen und nicht trinken, auch wenn mein Magen vor Hunger jault. Mein Kopf dreht sich, ich rede nur noch Unsinn. Außerdem vergesse ich vieles und lasse alles aus meinen zittrigen Händen fallen. Beruhigungsmittel erledigen auch nicht mehr ihren Job. Mehrmals habe ich versucht zu meditieren, doch auch,

vergeblich. Irgendetwas muss doch dagegen helfen?
Denno, Nala und ich gehen wie vereinbart einkaufen. Er gibt sich mit allem zufrieden, genau wie ich, aber Nala nicht. Nein, es ist zu eng, nein es ist zu groß, nein es ist zu grell, nein es ist nicht fein genug. Meine Aufregung wird immer größer. Ich möchte endlich fertig werden und nach Hause. Auch Denno verliert langsam die Geduld mit Nala. Er findet alles sieht gleich aus.
Zwischen drin sind wir essen gegangen, um uns auf die nächste Runde zu stärken. Wer weiß, was Nala noch mit uns vor hat.
Sie weiß noch nichts von dem Kuss und unserem Gespräch, deshalb versteht Denno auch nicht wieso ich ständig aus seinem Griff entweiche. Es ist schön zu wissen, dass er nicht die Finger von mir lassen kann, aber nicht wenn jemand dabei ist. Außerdem muss ich das Thema Luis noch klären. Bei dem Gedanken fühle ich mich wie immer schlecht.
In der zweiten Runde werden wir endlich fündig, was auch der lieben Nala endlich einmal gefällt.
„Das Finale kann kommen", freut sich Nala, bei dem Gedanken dreht sich mein Magen.

14

Tag des Finales.
Einatmen, ausatmen, einatmen, ausatmen, einatmen... Ach das bringt doch sowie so alles nichts! Ich kann nicht mehr atmen, ich weiß gar nicht mehr was es überhaupt bedeutet zu atmen. Immerhin geht es nicht nur mir so, auch wenn Denno wesentlicher ruhiger ist als ich. Wegen meinen viel zu zittrigen Händen hat sich Nala bereit erklärt mich zu schminken.
Beruhigungstropfen haben den Kampf gegen meine Aufregung gnadenlos verloren.
Nala trägt mir mein Make-up gekonnt auf. Sie zieht mir einen gewagten Lidstrich, welches mein dunkel grünes Augen Make-up perfekt betont. Meine Lippen hüllt sie in einem zarten rosa ein. Frau Viola und Elisa haben sich dafür bereit erklärt mir meine Haare zu frisieren. Sie zaubern mir viele kleine Korkenzieher-Löckchen, die sie dann leicht zusammen stecken. Ein zwei Strähnchen ragen an den Seiten ab.
„Jetzt alles nur noch fixieren", murmelt Nala vor sich, konzentriert und stolz, hin. Ihre Mutter und meine Chefin besprühen meine Haare mit jede Menge Haarspray und da setzt meine Ein- und Ausatmen Konzentration komplett aus, ich huste stark. Ich schaue in den Spiegel und

erkenne mich selbst nicht. Wir sind auf Zeitdruck, schnell schlüpfe ich in mein grünes Abendkleid rein, welches ohne Träger ist und einen tief, fast bis zum Bauchnabel, geschnittenen Ausschnitt hat. Meine silbernen Pumps die ich schon lange besitze sind schon eingelaufen, also kann nichts schief gehen, außer dass ich vor lauter Aufregung stolpere und mich blamiere. 'Amaya!' Ermahne ich mich selbst, ich muss positiv denken! Denno wartet schon seit einigen Stunden auf mich und als er mich zu Gesicht bekommt sieht man ihn an, dass es sich gelohnt hat so lange zu warten. Sein Mund steht offen. Jetzt weiß ich endlich wieder was es heißt auszuatmen.

„Du siehst umwerfend aus", unterbricht Luis das staunende Schweigen der anderen. Eigentlich hätte ich es viel lieber von Denno gehört. Er redet nicht sonderlich viel, wenn wir nicht alleine sind. Und das waren wir die letzten Tage leider überhaupt nicht. Denno hält den Arm so hin, dass ich mich bei ihm einhacke und wir gehen. Wir gehen los um entweder als Gewinner oder Verlierer wieder Heim zu kommen.
Eine Limousine holt uns ab, wir sind endlich alleine. Allerdings redet Denno nicht, er muss auch aufgeregt sein. In seinem teuren Smoking mit grüner Fliege sieht er unwiderstehlich sexy aus.
Angekommen öffnet man uns die Tür und wir

werden von einem Blitzlicht überfallen, dies führt dazu dass meine Nervosität dreimal so hoch steigt. Die Paparazzi habe ich völlig vergessen. Halb blind gehen wir Arm in Arm über den roten Teppich. Wir werden aufgehalten wo uns alle Paparazzi darauf hinweisen zu ihnen zu schauen, doch ich reagiere nicht. Ich stehe einfach auf der riesigen Fläche die mit einem roten Teppich ausgelegt ist und schaue gerade aus.

„Du bist wunderschön, Amaya", höre ich Denno zu meiner rechten Seite zu mir sagen. Er legt seine Hand auf meine Hüfte. Am liebsten hätte ich ihn geküsst, egal wer uns zu schaut.

„Danke, du auch", gebe ich ihm verlegen zurück.
Nach gefühlten Stunden betreten wir den Saal und nehmen in der ersten Reihe platz. Die anderen sitzen irgendwo hinten. Denno tätschelt mit seiner Hand auf meiner

„Wird schon schief gehen" sagt er. Wir widmen uns dem Moderator zu. Es werden Bilder und Aufnahmen von der Zeit des Wettbewerbs ausgestrahlt und endlos viele Reden gehalten. So gerät meine Nervosität ein wenig in Vergessenheit. Dank den langweiligen Reden werde ich müde. Unser Projekt wird als erstes vorgestellt, dass ist gut, denn sonst würde ich mich nur mit dem anderen Team vergleichen. Unser Jumpsuit ist von einem edlen dunklem hoffnungsvollem Grün umhüllt, mit viel silbernem Glitzer. Die Ärmel sind lang, auch der Hosenteil. Am Hals haben wir eine schlichte goldene Kette angebracht, die mit vielen schmalen und bis zum Bauch langen Ketten geschmückt ist, als Highlight. Die Menge staunt und die Paparazzi haben nicht genug vom Knipsen der Fotos.

„Wie kamt ihr auf die Idee?", fragt uns der Moderator, den ich verzweifelt anstarre. Was soll ich denn sagen? Denno schaut zu mir und hebt sich dann von seinem Platz. Er kriegt von einem jungen Mann ein Mikrofon in die Hand gedrückt.

„Der Jumpsuit spiegelt unsere Hoffnung, dass Träume wahr werden, wieder, daher die Farbe grün.", antwortet ihm Denno schwer atmend. Er ist aufgeregt. Dass Träume wahr werden? Soll das eine Andeutung wegen uns sein? Er setzt sich wieder hin. Also fühlt und denkt er wie ich? Nach dem Urteil der Jury wird das Projekt von Lea und Jon vorgestellt. Dies sieht von vorne wie ein weißes kurzes Kleid aus, hinten allerdings sieht es aus wie eine Shorts. Im Allgemeinen ist es mit vielen bunten Sternchen geschmückt. Die Schultern sind frei und die Ärmel sind lang. An der Hand bildet es sich zu einem Handschuh. Wirklich sehr kreativ, ich fühle mich geschlagen.
Nach dem Urteil der Jury haben wir eine halbe Stunde Pause, da gehe ich aufs WC und frische mein Make-up auf. Nala, Elisa und die anderen

allen finde ich leider nicht. Ich nehme mir ein Glas Wasser und begebe mich wieder auf meinen Platz. Mein Kopf dreht sich so, wahrscheinlich eine Nebenwirkung der Beruhigungstabletten und -tropfen. Denno unterhält sich mit einigen wichtigen Leuten. Er ist so gelassen. Ich habe gar nicht die Kraft mich mit jemandem zu unterhalten.
Der Moderator springt fröhlich auf die Bühne und fährt mit dem Programm fort. Nach einer Weile werden wir die Finalisten, also Lea, Jon, Denno und ich, auf die Bühne gerufen. José schreit laut meinen Namen, dass ich sie reflexartig finde und lächeln muss. Dieser Schwindel macht mich so fertig.
Entweder Gewinner oder Verlierer...
Wer weiß wie lange wir schon auf der Bühne stehen, ich bin müde. Mein Magen zieht sich zusammen, dass Gefühl von Übelkeit überkommt mich. Kann der Moderator bitte sein Schweigen unterbrechen und sagen wer denn nun gewonnen hat? Ich habe das Gefühl ich kippe um! Gestresst wandert meine Hand automatisch an meine Stirn, mein Kopf schmerzt so ungeheuerlich, da fallen Denno und mein Name. Ich sehe in die Menge die jubelt und applaudiert. Völlig fertig mit den Nerven versuche ich mich zu konzentrieren, doch es geht nicht.
Haben wir gewonnen oder verloren?

Mein Kopf brummt und ich stütze mich an Denno ab, der mich fest umarmt. Der Moderator brüllt laut:
„Das sind unsere Gewinner!"
„Wir haben gewonnen!", strahlt Denno freudig über das ganze Gesicht, ich lächle müde. Ich sollte mich freuen und so tun als sei ich top fit. Mein Blick wandert zum Publikum, wo Elisa, Nala, Frau Viola, Sharin, Lovely, José, Luis; Raj und Chris stehend applaudieren und jubeln. Genau so wie ich es mir immer ausgemalt habe, doch mir geht es furchtbar. Ich hätte nicht so viel an Beruhigungsmedikamente einnehmen sollen. Denno umarmt mich noch mal. Ich möchte mich mit ihm mit freuen, schreiend jubeln und mich bedanken, aber habe keinerlei Kraft. So habe ich es mir nicht vorgestellt. Wir kriegen unsere Preise, wie einen Pokal in Figurine-Form mit unseren Namen darauf. Einen Blumenstrauß in rot, rosa und weiß. Außerdem kriegen wir eine Mappe, wo die Vertragsunterlagen sind für unser Gebäude in New York, ich kriege mein eigenes Mode Label. Ich werde mit Denno für immer zusammen sein. Wir halten unzählige Interviews, wir werden von Paparazzi fotografiert als gäbe es kein Morgen. Ich habe es immer noch nicht realisiert, dass ich eine Gewinnerin bin.
Um 24 Uhr wird durch gesagt, dass die After Show Party beginnt, einige bleiben, einige fahren

nach Hause. Eigentlich möchte ich nach Hause, mir geht es einfach nicht gut, doch Nala besteht darauf zu feiern. Sie lässt die Sektflasche platzen um anzustoßen.

Mein Kopf brummt so laut, als würde da jemand drin bohren und hämmern. Mit aller Kraft öffne ich meine Augen, da die Sonne mich blendet schließe ich sie noch mal. Ich wende mich auf die andere Seite des Bettes und stehe langsam mit aller Kraft auf. Ich hätte auf der After Show Party nicht so viel trinken sollen.
Im Bad betrachte ich mein verschmiertes Gesicht, noch nie bin ich mit Schminke schlafen gegangen. Die Kopfschmerzen lassen mich nicht klar denken, also nehme ich mir eine heiße Dusche, auf ein Bad habe ich keine Lust. Wie immer trockne ich mich ab, ziehe mich an und föhne mir die Haare trocken. Im Flur, auf dem Weg in die Küche, höre ich Nalas und Luis Stimme.

„Sie hat mir bis heute nicht auf meinen Brief geantwortet, dass muss an diesem Denno liegen!", höre ich Luis verzweifelt sagen,

„Luis, sie hat schon versucht dir aus dem Weg zu gehen, du hast nicht locker gelassen. Vielleicht ist sie sich mit ihren Gefühlen nicht sicher", antwortet Nala. Ich stehe an der Tür und schaue sie beide verwirrt an. Luis kommt auf mich zu,

„Du hast mich nur ausgenutzt!", schreit er mich an. Ich schaue ihn entsetzt an, kann ihm nicht antworten. Meine Kopfschmerzen lassen es nicht zu, dazu kommt noch das mein Magen sich zusammen zieht und ich stechende Schmerzen habe.

„Luis, hör auf damit, lass sie in Ruhe, sie ist gerade erst aufgewacht!", schreit ihn Nala an. Ich verstehe gar nicht was hier los ist.

„Soll mir doch egal sein, ich will nichts mehr mit dir zu tun haben!", sagt mir Luis in einem angewiderten Ton und geht. Müde schaue ich zu Nala,

„Was zur Hölle ist los am frühen Morgen? Wo sind Sharin und Lovely?" frage ich genervt Nala und schenke mir Wasser in ein Glas ein.

„Du hättest gestern nicht Denno vor Luis küssen sollen, du Schlaukopf", antwortet mir Nala spottisch. Ich spucke das Wasser in meinem Mund aus.

„Ich habe was?",

„Wie? Du erinnerst dich nicht daran?" Nala und ich schauen uns beide schockiert an.

„Ich weiß gar nichts, Nala. So langsam habe ich das Gefühl ich bin verrückt. Alles was ich nur weiß ist, dass mein Kopf seit gestern wie verrückt brummt und ich das Gefühl habe jeden Augenblick umzufallen.", wimmere ich ihr zu.

„Man hat dir angemerkt, dass es dir schlecht

geht, du saßt die ganze Zeit an der Theke und hast dir ein Drink nach dem anderen genossen", erzählt sie mir.

„Und wie kam es zum Kuss?",

„Ich weiß es nicht. Du warst auf Klo. Luis wollte nach dir schauen, da hat er dich mit Denno im Flur gesehen. Also hat er so erzählt",

„Oh nein!", wimmere ich weiter.

„Du solltest dich mal anziehen, Amaya. Du musst doch noch die Verträge unterschreiben gehen", weißt sie mich hin. Verträge? Oh, die habe ich völlig vergessen! Ein Blick auf mein Handy zeigt mir, dass ich spät dran bin und die vielen Anrufe von Denno verpasst habe. Wann verschwinden nur diese Kopfschmerzen?
Fertig angezogen und leicht geschminkt, damit man nicht sieht wie fix und fertig ich bin mache ich mich auf den Weg ins Lincoln Center.
Dort angekommen betrete ich den Besprechungsraum, wo Mr. Ower, der mich anstrahlt, Mrs. Blair, Mr. Edison und Denno bereits sitzen. Ich entschuldige mich für die Verspätung und setze mich mit einer gespielten Fröhlichkeit neben Denno. Ein Blick auf sein Gesicht zeigt mir, dass er nicht schauspielern kann. Er ist tot müde und wie ich fix und fertig, auch das ihn irgendetws beschäftigt.

„Mrs. Herz, Mr. Johnson hat den Vertrag abgelehnt. Das heißt sie haben einen doppelten

Gewinn", erzählt mir Mrs. Blair. Mein Gesicht wird ernst. Er hat was? Ich schaue zu Denno und hoffe er sagt mir es ist ein Witz.

„Ich habe gestern mit einem sehr guten Designer aus Australien gesprochen. Ich werde für ihn arbeiten", erklärt mir Denno. Ich glaube es einfach nicht!

„Australien", huscht mir fassungslos über die Lippen.

„Wollen Sie etwa auch ablehnen?", fragt mich Mr. Edison,

„Oh, nein. Ich nehme es an", so unterschreibe ich alle Papiere. Mit einem Händedruck verabschiede ich mich von allen, außer Denno, den ich enttäuscht ansehe, bevor ich den Raum verlasse. Hiermit ich wohl die Symphonie zwischen uns beendet.
Draußen regnet es und ich habe keinen Regenschirm, klasse.

„Amaya!", ruft Denno nach mir, seine Stimme erkenne ich immer. Ich kann nicht verhindern, dass mir die Tränen meinen Wangen entlang fließen. Er kommt zu mir, nimmt mein Gesicht behutsam in seine Hände.

„Du kommst und gehst wie du willst. Und jetzt entscheidest du dich, wo ich geglaubt habe du bleibst bei mir, dass du gehen möchtest?", frage ich ihn enttäuscht. Er hat mich diesmal wirklich verletzt. Die Gefühle die ich zu ihm habe kann kein anderer Mensch auf der weiten Welt entwickeln. Meine Tränen werden immer mehr und stärker. Meine Augen schließe ich, denn diesen letzten Moment mit Denno will ich genießen. Er drückt mir einen leichten Kuss auf die Lippen. So ein süßer Kuss. Er knabbert mir an der Unterlippe und ich öffne leicht meinen Mund. Unsere Zungen vereinen sich und beginnen einen leidenschaftlichen Tanz. Sein Geschmack ist so süß, wie Beeren und Äpfel.

„Wenn Träume wirklich wahr werden, dann werden wir uns irgendwann wieder sehen", haucht er raunend mir im Kuss zu. Ein letztes mal schaue ich tief in seine Augen, die mich vom ersten Blick an verzaubert haben, bevor sich unsere Münder wieder vereinen, um Abschied zu nehmen.

Nenne dich nicht arm, wenn deine Träume nicht in Erfüllung gegangen sind; wirklich arm ist nur, der nie geträumt hat.

15

Eineinhalb Jahre später...

Ich atme die vertraute Luft tief ein.
„Sweet home sweet", murmle ich vor mich hin und klingle an der Haustüre von Nala und José. Es dauert nicht lange bis Nala mir die Tür öffnet, oder eher aufreißt, und mich in ihre Arme nimmt.
„Endlich bist du wieder da!", keucht sie an meiner Schulter.
„Hey, unsere New Yorkerin ist zurück", scherzt José hinter ihr, auch ihn umarme ich nicht kurz, sondern lange.
José und Nala haben sich ein Haus gekauft. Die Hochzeit findet bald statt, Nala hat nur auf mich gewartet, denn ich werde ihre Trauzeugin sein. Sie haben schon einen festen Termin und vieles organisiert. Es wird eine große Feier. Einige Familienmitglieder werden extra aus dem Ausland nach Deutschland reisen und bei der Trauung der zwei dabei zu sein. Ich habe nach langem überlegen all meine Sachen gepackt und bin zurück nach Deutschland geflogen. Nach New York möchte ich nicht mehr. Ich habe es so regeln können, dass mein Modelabel in New York bestehen bleibt und ich in Deutschland noch

etwas aufbauen kann. Deshalb hat es lange gedauert bis ich New York verlassen habe.
Luis wird Josés Trauzeuge sein, er wird aus Ibizia zur Hochzeitsfeier kommen. Wie wird unser aufeinander Treffen nach über einem Jahr nur sein? Nach dem er mir gesagt hat, ich habe ihn ausgenutzt, habe ich ihn nie wieder gesehen oder von ihm gehört. Nala hat mir erzählt, dass er nach Ibiza geflogen ist und dort als DJ in verschiedenen Clubs tätig ist. Alles um ihn herum hat ihn an mich erinnert. Er hat mich sehr gewollt, aber ich habe einfach nicht das selbe für ihn empfunden. Von Anfang an hätte ich mich von ihm fern halten sollen. Ich erinnere mich noch zu gut daran, als sei es gestern gewesen wie er mich angeschrien hat. Es hat wirklich sehr weh getan, aber das habe ich mir verdient. Luis hat es einfach nicht verdient so behandelt zu werden, er ist ein liebenswerter Mensch.
Genau am selben Tag hat Denno mich verlassen und bis heute ist kein Lebenszeichen von ihm gekommen. Was er wohl macht? Seine letzten Worte 'Wenn Träume wirklich wahr werden, dann werden wir uns irgendwann wiedersehen' sind mir nie aus dem Kopf gegangen. Jeden Tag hoffe ich auf irgendetwas zu stoßen was mit ihm zu tun hat. Er fehlt mir, ich will ihn, nur für mich. Doch nach so langer Zeit habe ich die Hoffnung aufgegeben und mich damit abgefunden, dass er

kein Teil meines Lebens sein wird. Es ist wohl nur ein Zufall, dass wir uns beide in unseren Träumen begegnet sind. Trotzdem kann ich mir nicht vorstellen zu jemandem die selben Gefühle zu entwickeln wie die zu Denno. So viele Tränen mussten fließen, um den Schmerz in mir raus zu kriegen. Und immer noch befindet sich der Schmerz in mir, direkt neben dem Schmerz von dem Verlust meiner Eltern. Es ist wie fest angebunden und gehört zu mir. Ich habe damit zu leben, ob ich will oder nicht.

Die Zeit in New York ist nicht leicht gewesen. Vor allem wenn man alleine ist. Lovely ist zu Chris gezogen, der in Colorado lebt. Ich habe die beiden in den eineinhalb Jahren nur einmal gesehen. Wahrscheinlich werde ich sie auch nie wieder sehen. Genau so wie Sharin und Raj. Die beiden sind nämlich nach Indien geflogen, um sich zu vermählen. Wie es aussieht hat jeder sein Glück gefunden, während ich alleine Tag und Nacht gearbeitet habe.

Genau so wie ich es mir immer vorgestellt habe, bin ich erfolgreich geworden, man will ständig neue Fotos von mir, Autogramme, Interviews, man interessiert sich für mich. Hauptsächlich in den USA. Ich habe mein eigenes Modelabel mit dem Namen *'AmayasDreams'* und bin mega erfolgreich. Ein Traum von mir der wahr geworden ist, immerhin dieser Traum.

Nach all dem was passiert ist und sich geändert hat bin ich froh wieder zu Hause in Deutschland, in Düsseldorf, bei Nala zu sein. Auch wenn ich in New York riesigen Erfolg habe, ist es nichts wert, wenn ich alleine bin. Ich werde mich darum kümmern in Deutschland erfolgreich zu werden, denn hier bin ich nicht alleine. Hier habe ich Elisa, die mich groß gezogen hat, Nala die immer für mich da ist, genau so wie José und Frau Viola, meine Chefin, dank ihr habe ich den Erfolg erlangt. Allerdings steht Nalas und Josés Hochzeit vor, also hat es alles noch Zeit.
Erst einmal genieße ich das Abendessen mit dem Brautpaar, die mir sicherlich eine Menge zu erzählen habe.

„Amaya Schatz...", quietscht mich Nala an,
„Sollen wir nicht meinen Junggesellenabschied in New York feiern?". In New York? Ich bin doch erst von da geflüchtet.

„Hast du keine andere Stadt zur Auswahl?",
„Ach komm nur für zwei Nächte", bettelt sie mich an,
„Ich weiß nicht, ich habe keine Lust wieder dahin",
„Kann ich verstehen, aber da hast du noch deine Wohnung und wir müssen, dann nur den Flug bezahlen und die Ausgaben in den Clubs". Wie ich es hasse, wenn sie Recht hat.

„Okay, wann?", stimme ich ihr ein. Nala

grinst bis über beide Ohren,

„Nächste Woche. Wir müssen die nächsten Tage noch ein paar Kleinigkeiten erledigen."

„Nächste Woche? Das heißt, wenn wir wieder zurück sind ist schon am nächsten Morgen eure Hochzeit?", frage ich nach. Nala nickt und lacht.

„Willst du eine Hangover-Aktion starten? Was ist wenn der Flug abgesagt wird? Du verpasst dann deine eigene Hochzeit!", weiße ich Nala laut darauf hin, doch sie lacht nur. Verwirrt schaue ich zu José der verzweifelt seinen Kopf schüttelt.

„Genau das will ich doch, ich will das es spannend wird". Dieses Mädchen ist eindeutig verrückt.

Am nächsten Tag fahre ich zu Elisa und verbringe mit ihr den Tag, da Nala und José einige Termine haben. Am Abend bereiten wir für das Brautpaar essen vor, da sie k.o sind. Ach ja, der Hochzeitsstress, irgendwie bin ich ja doch froh, dass ich single bin.

Die nächsten Tage verlaufen auch nicht anders, Elisa und ich helfen den beiden so viel wir können. Zwei Tage bevor Nala und ich nach New York fliegen fahren Elisa, Josés Mutter, Nala und ich gemeinsam das Brautkleid abholen. Im Laden angekommen bittet uns eine ältere Dame in den Laden. Josés Mutter, Elisa und ich sitzen auf einer roten Couch, Nala befindet sich auf einer Art

Bühne, die mit einem roten Vorhang verschlossen ist.

„Aber das ist doch gar nicht das Kleid was ich beim letzten Mal angezogen habe!", hören wir Nala rufen. Elisa und Josés Mom schauen sich panisch an.

Ich muss kichern.

Der Vorhang öffnet sich, es steht eine traumhaft schöne Nala im Brautkleid mit einem wütenden Blick vor uns.

„Du siehst aus wie ein Engel", kommentiert Josés Mom, auch Elisa ist der selben Meinung. Ich sitze da und grinse stolz.

„Ja, dass Kleid sieht fantastisch aus, und der Preis ist sicherlich fantastisch hoch! Ich kann mir das nicht leisten. Es ist auch nicht das Kleid welches ich mir beim letzten Mal ausgesucht hatte!", zickt Nala die Verkäuferin an.

„Nimm das Kleid Nala", sage ich ihr.

„Ich kann mir so ein Kleid sicherlich nicht leisen Amaya!", zickt sie mich gefährlich an.

„Welche Marke ist das?", frage ich unschuldig. Nala schaut nach dem Etikett. Ihr fällt die Kinnlade runter.

„Es ist von dir?", fragt sie mich geschockt.

„Habe ich mit meinen eigenen Händen gemacht", gebe ich ihr als Antwort, was völlig ausreichen sollte. Sie kommt zu mir und nimmt mich fest in den Arm,

„Du bist so verrückt", sagt sie mir weinend als Danke schön. Auch Elisa und José freuen sich. Überraschung gelungen!
Endlich ist Nala fertig und wir haben am nächsten Abend endlich mal Zeit unsere Koffer zu packen.
„Soll ich dir mal was verrücktes erzählen?", fragt mich Nala vorsichtig.
„Was denn?", frage ich uninteressiert nach, denn ich suche meinen Ausweis, der momentan das wichtigste in meinem Leben ist.
„Ich hatte mir ehrlich gesagt gewünscht du würdest mit Denno glücklich auf meiner Hochzeit tanzen". Die Vorstellung mit Denno zusammen zu sein lässt mein Herz zusammen ziehen. Ich höre auf zu suchen und schaue aus dem Fenster raus in den klaren Himmel. Irgendwo weit weg ist er, ich frage mich ob er auch so oft an mich denkt wie ich es tue.
„Du vermisst ihn, stimmt's?",
„Ja", antworte ich ihr traurig. Sie legt ihren Arm um mich und ihren Kopf auf meine Schulter. Mit einem schmerzenden Lächeln wische ich mir die Tränen weg, die sich in meine Augen geschlichen haben.

In New York angekommen fahren wir in meine Wohnung. Im Flugzeug haben wir schon überlegt wo wir alles hin gehen und was wir vor haben. Zu aller erst gehen wir einkaufen, da wir nichts zum essen haben. Das Geld welches wir zur Verfügung haben ist ausschließlich nur für den Eintritt der Clubs und den Drinks. Dank Nala fällt es mir leicht in New York, wo ich über ein Jahr lang alleine gelebt habe, zu lachen. Nachdem Einkauf kochen wir, essen und räumen anschließend auf. Gemütlich drehen wir unsere Lieblingssongs laut auf und beginnen unsere Haare zu locken oder zu glätten und uns gegenseitig zu schminken. Wir haben so viel Spaß gemeinsam.

Im ersten Club fangen wir an Cocktails zu trinken, wie Sex on the beach. Wir haben schon längst gute Laune und durch den Einfluss von Alkohol können wir unser Gelächter nicht mehr unterbrechen. Im zweiten Club tanzen wir uns warm und gehen über zu etwas stärken Getränken wie, Whiskey Coke. Nala schreit fröhlich jedem zu, dass sie bald heiratet. Angetrunken packen wir unsere Sachen zusammen, bezahlen und gehen zum nächsten Club, wo wir dann mit vielen, unschuldig aussehenden, Shots uns den Rest geben. Nach jedenm der kleinen süßen Schlücken verziehen wir unsere Gesichter. So starkem Alkohol sind wir auch nicht gewohnt. Und so weiter und so fort. Wir lachen und tanzen als gäbe es kein Morgen. Ich fühle mich so frei, als hätte ich durch einen Drink meine Trauer abgespült.

Unterwegs in meine Wohnung verfahren und verlaufen wir uns einige Male, weil wir einfach nicht mehr klar denken können. Im Bus schlafen wir kurz sogar kurz ein. Wir sind so froh es irgendwann in der Früh endlich mal nach Hause geschafft zu haben. Mühevoll schminken wir uns ab und kämen unsere Haare durch. Egal wie überfordert wir in dem Moment sind müssen wir lachen. Ich setze mich auf den kalten Boden im Badezimmer, da meine Beine einfach viel zu schwach sind noch vor dem Waschbecken und dem Spiegel zu stehen. Endlich fertig, lachen wir uns noch mal aus, weil unsere Augen vom Alkohol völlig angeschwollen sind. Anschließend legen wir uns in mein Bett und finden sofort unseren Schlaf. Wie schön es ist eine beste Freundin zu haben, die dir all deinen Schmerz nehmen kann.

„Amaya es ist für dich!" ruft Nala am nächsten Morgen. Verschlafen und ohne Bedenken gleite ich, mit meiner rosa Pyjama, die Treppen hinunter. Wer wohl da ist am frühen Morgen? Unten angekommen, beachte ich meinen Kater vom Feiern nicht mehr denn meine Aufmerksamkeit steht am Eingang des Hauses. Ein großer kräftiger Mann, der locker zwei Köpfe größer ist als ich. Auch wenn er nicht seinen Körper präsentiert, sieht man sofort, dass er eine gut durch trainierte Figur hat. Eine tief gebräunte

Haut, fast so dunkel wie seine glänzenden großen warmen braunen Augen, die von einem langem geschwungenem und dichten Wimpernkranz umrandet sind, zeigt sich an seinen Armen. In seinen Armen würde ich jetzt am liebsten sein, denn die sehen so einladend aus, wenn man Geborgenheit sucht. Meine Augen ruhen in seinen Augen, welche mir schon Schutz schenken. Ich habe vorher noch nie solche schönen Augen gesehen, obwohl die meisten Menschen braune Augen haben, sind seine was ganz besonderes. Als sei es nicht perfekt genug, lächelt er mich schief an, mit einem Schlag verliebe ich mich in ihn. Meine Knie werden weich. Volle Lippen die wie gemalt aussehen, verführen meine Sinne. Er kann doch nicht von dieser Welt sein. So was hat niemand je zu vor gesehen, dafür könnte ich meine Hand ins Feuer legen. Passend zu seinem Gesicht hat er einen kurzen Haarschnitt, was trotzdem zeigt, dass er volles schwarzes Haar hat. Außerdem trägt er ein weißes Shirt, kombiniert mit einer dunklen lässigen Jeans und schwarze Sneakers.
Egal wie sehr ich ihn anhimmle, bin ich verwirrt. Fragend schaue ich ihn an. Alles was er tut ist einen kleinen Blumenstrauß mir ausstrecken, ohne ein Wort. Immer noch verwirrt nehme ich den Blumenstrauß, der so bunt ist, an und schnuppere dran. Ich kann mir gut vorstellen,

dass er innerlich über meinen verzweifelten und verwirrten Gesichtsausdruck schmunzelt. Er kommt mir näher und packt mich sanft an der Hüfte. Wow! So eine sanfte Berührung habe ich bis jetzt nie zu spüren bekommen, als hätte mich eine Feder gestreift. Und als sei das nicht genug drückt er mir einen sanften, doch liebevollen, Kuss auf meine Wange. Vor lauter Aufregung überkommt mich ein ungewöhnliches Kribbeln, ein schönes Kribbeln. Egal wie verwirrt ich noch immer bin, würde ich ihn am liebsten umarmen, nein, noch viel besser, ich würde mich am liebsten um seinen Hals schmeißen. Aber ich muss cool bleiben, also schenke ich ihm ein kurzes Lächeln und dringe unbewusst tief in seine Augen. Wenigstens danke sollte ich ihm sagen, denke ich mir, doch meine Stimme möchte nicht. Meine Kehle ist wie zu geschnürt. Keinen einzigen Ton bringe ich aus mir raus, so sehr ich es auch will. Er erwidert meinen Blick und ich werde schwach. Seine Ausstrahlung fasziniert mich so sehr, dass ich ihn einfach nur wortlos beobachte und alles um mich herum vergesse. Wir schauen uns eine ganze Zeit lang an.
Wer hätte gedacht das mir jemand mal die Stimme verschlägt. Es ist echt erstaunlich was ein Mensch alles in einem auslösen kann, niemals habe ich an so etwas geglaubt. Konzentriert studiere ich sein Gesicht, wie er mich anschaut.

Ich habe das Gefühl ich schau mich selber an. Es ist ein so zuckersüßes, verliebtes, Anlächeln. Ich merke wie ich vor mich hin grinse und so lächelt er stärker, dass seine perfekt weißen Zähne raus blitzen. Und wieder übergibt mich schlagartig eine Gänsehaut.

So langsam könnte ich mich an das Gefühl gewöhnen, denn er ist zurück. Vorsichtig legt er seine Lippen auf m eine. Ich vergrabe meine Hände in seine Haare und drücken ihn fester an mich. Unsere Lippen liebkosen sich.
„Wenn Träume wirklich wahr werden, dann werden wir uns irgendwann wiedersehen",
„Richtig", antwortet er mir mit einem zuckersüßen Lächeln.
Das ist der Anfang von für immer.